Ronald Claver

ENTRE LINHAS
ADOLESCÊNCIA

Diário do Outro

Ilustrações: Constança Lucas

Conforme a nova ortografia

15ª edição

Atual Editora

Série Entre Linhas

Editor • Henrique Félix
Assistente editorial • Jacqueline F. de Barros
Preparação de texto • Lúcia Leal Ferreira
Revisão • Pedro Cunha Jr. e Lilian Semenichin (coords.)/Elza Maria Gasparotto/
Renato A. Colombo Jr./Célia R. do N. Camargo

Gerente de arte • Nair de Medeiros Barbosa
Diagramação • Edsel Moreira Guimarães
Editoração eletrônica • Silvia Regina E. Almeida
Projeto gráfico (de miolo e capa) • Homem de Melo & Troia Design
Ilustrações • Constança Lucas
Produção Gráfica • Rogério Strelciuc
Impressão e acabamento • Forma Certa Gráfica Digital

Suplemento de leitura e projeto de trabalho interdisciplinar • Janaína Audi U. Ordoñez

Dados Internacionais de Catalogação na Publicação (CIP)
(Câmara Brasileira do Livro, SP, Brasil)

Claver, Ronald, 1946- .
Diário do outro / Ronald Claver ; ilustrações Constança Lucas. – 15. ed. – São Paulo : Atual, 2004. – (Entre linhas: Adolescência)

Inclui roteiro de leitura

ISBN 978-85-357-0467-9

1. Literatura infantojuvenil I. Lucas, Constança. II. Título. III. Série.

04-2351 CDD-028.5

Índices para catálogo sistemático:

1. Literatura infantojuvenil 028.5
2. Literatura juvenil 028.5

SARAIVA S. A. Livreiros Editores
Rua Henrique Schaumann, 270 – Pinheiros
05413-010 – São Paulo – SP

SAC | 0800-0117875
De 2ª a 6ª, das 8h30 às 19h30
www.editorasaraiva.com.br/contato

15ª edição/7ª tiragem
2023

812683.015.007

Sumário

Para Alexandre, o Kika,
meu afilhado duas vezes, ave!

Notícias de lá

Um homem sobe as escadas

Recebo uma caixa pelo correio. O selo é de Londres. Dentro da caixa, um pacote e um envelope. Abro o envelope. Um bilhete:

Não poderia guardá-los mais. São seus. Confesso que não resisti. Li alguma coisa. Só não li tudo porque a emoção e a saudade eram mais fortes do que eu. Encontrei-os por acaso. Na estante de papai. No meio de livros tidos como suspeitos. Quando papai foi preso durante uma manifestação do sindicato, e antes que a polícia desse busca em nossa casa, escondi os livros que poderiam comprometê-lo. E, entre eles, os seus cadernos.

Até.

Duda, o Bororó

96 – Leslie Road
London – N. 2 8 BJ

Olho para o pacote. Medo e curiosidade tomam conta de mim. Melhor deixar os cadernos ali ou jogá-los no rio Arrudas? Fazer uma fogueira ou vendê-los como papel velho? Falta coragem. O pacote me olha pedindo socorro. O tempo para em meus olhos. São anos e anos guardados nos escritos. O pacote volta a me olhar nos olhos. Saio. Vou até a esquina. Não vejo nada. Não encontro ninguém. Volto. Telefono para mamãe. Mamãe ainda resiste no tempo. Corto a ligação. Mamãe, não! Ligo para Sara, para Paulinho. Ninguém está em casa. Preciso de voz humana. Saio. Bebo uma cerveja no bar da esquina. Volto para casa. O pacote continua à minha espera. Escurece. Corro para casa. Belisco no fogão a carne da janta. O pacote em cima da mesa me espreita. Nele a vida tem a idade do sonho. Ouço vozes. Carol, Duda, Mandioca, tia Lili, outros e mais outros. São eles. Estão impacientes. Querem respirar o mesmo ar que respiro. Querem sair. Livrar-se dos selos, do barbante e do embrulho que os envolve. Querem sacudir a poeira de anos e espantar o tempo que os confina. Resisto. Não sonho. A loucura não reside nesta mesa. Estou sóbrio. E agora calmo. Olho de novo para o pacote e para dentro. Eles insistem. Querem liberdade.

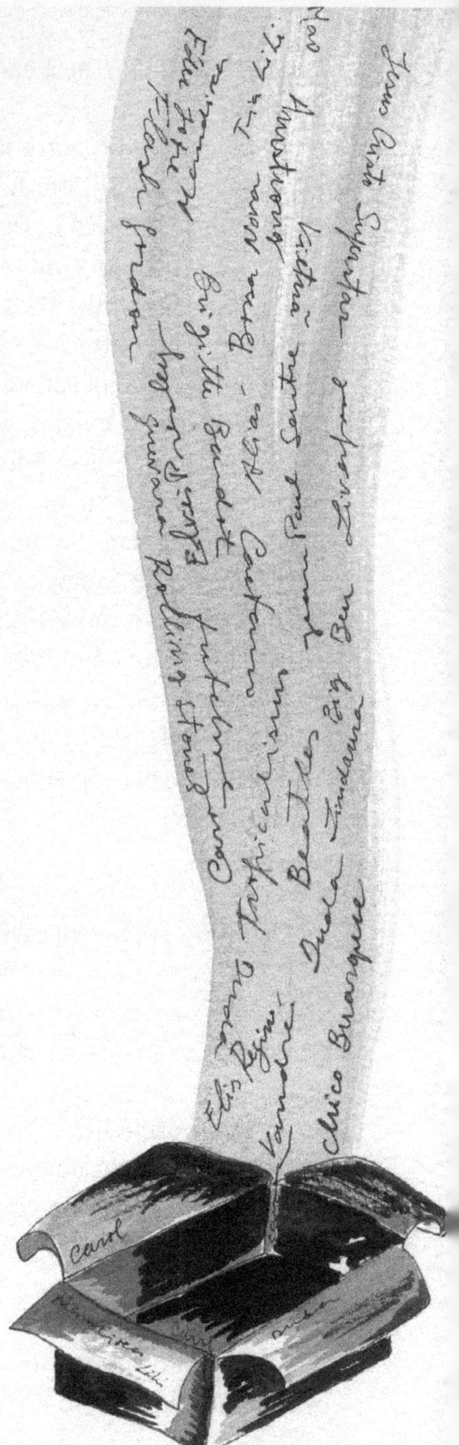

Saio novamente. Dou volta ao quarteirão. Meus fantasmas tomam conta de mim. Não sonho, nem enlouqueço. São eles que me invadem e me inundam.

A lua aparece no outro lado da rua. Redonda. A lua é um tempo redondo e claro. Brigitte Bardot é minha namorada. Flash Gordon viaja o desconhecido. Os Beatles ameaçam, timidamente, de Liverpool, o mundo, com suas guitarras elétricas. O topete de Elvis Presley está em minha testa e Éder Jofre nocauteia o gringo americano. A lua no outro lado da rua mexe em minhas lembranças. A vida é um sonho embrulhado em cima de minha mesa. Fábricas não existem. Poluição é palavra desconhecida. Rios e peixes são livres. Só há o homem. E esse é um animal exterminador.

Decido. Vou abrir o pacote e deixar o tempo escorrer. Mas o quarteirão não termina nunca e em meus olhos o tempo é uma vitrina, um desfile. Guevara, os cadernos de Mao, Vietnã, *Deus e o diabo na terra do sol*, *Hair*, *Jesus Cristo Superstar*, Vandré, Quartier Latin, Sartre, Chico Buarque, Caetano, Elis, Gil, Tropicalismo, Primavera de Praga, Tortura, Sequestro, Bossa Nova, Brasil Campeão do Mundo, Presidencialismo ou Parlamentarismo, o pouso de Aldrin e Armstrong na lua, Brasil ame-o ou deixe-o, a luta armada, Beatles, Rolling Stones e uma lua redonda rondando o céu de meus olhos.

É preciso apressar. A mulher já deve estar chegando com os meninos.

Meu filho mais velho tem a minha idade.

É dezembro. Mês de férias. Mês de dormir até mais tarde, de não tomar banho na hora certa, de demorar mais no banheiro para praticar as bolinações. Tempo de jogar pelada, inventar campeonato de botão, surpreender namoradas e assustar velhinhas. Tempo de colher o primeiro beijo na boca da namorada invisível. Tempo de sentir o fogo do sexo e o crepitar no corpo. Tempo de não entender as arruaças do coração. Tempo de muita esquina e futuro.

Chego em casa. Acendo as luzes. Um tempo passou em meus olhos. O pacote em cima da mesa me desafia. Não tenho saída. Já ouço a risada do Big Ben e vejo Carol se escondendo de amor.

Arrebento os barbantes, rasgo sem piedade o papel que envolve os cadernos. Recolho o lixo. Tranco-me no quarto. Abro o *Primeiro caderno*.

Primeiro caderno

Cartas e cartas

Meu caro e caríssimo Big Ben,

Esta é a última semana de aula. Estamos no período de provas finais. Só estou capengando em Matemática. Mas dá para passar. Vou sentir falta daqui, logo eu que queria que o ano passasse depressa. Acho que todos estão sentindo a mesma coisa. Sentirei falta de todos. A gente acaba gostando de todo mundo, e quando chegam as férias todos somem. Paulinho, Mosquito, Baú, Zorelha estão armando um campeonato de futebol de botão e também planejando muita pelada e cinema. É um jeito de a gente continuar junto. E Carol? Carol é nossa colega de sala, prima do Paulinho. É uma gracinha. Tem uma enorme paciência comigo. Me ajuda a resolver os problemas de Matemática e me ensina álgebra. Faço questão de errar os exercícios só para ela me ensinar. Gosto muito dela. E acho que ela gosta de mim. Só uma coisa me intriga e me deixa na maior confusão. É que Carol ajuda a todos, e fico sem saber se a ajuda a mim tem algo de especial.

Fico por aqui, te escrevo ainda nesta semana.

Até.

Carlinhos da Carol

Meu caro e caríssimo Big Ben,

Hoje fizemos uma festinha de amigo oculto lá na sala. Saí com a Lu. Carol saiu com Zorelha. Dei para a minha amiga oculta uma coleção de papel de cartas. Quem comprou o presente foi Sara. Convidamos só a professora de Geografia. Ela é a professora mais bacana do colégio. Durante a festinha, Carol organizou uns números de surpresa. Primeiro dançou, juntamente com Marilu, Dalva e Lu, um balé moderno. Depois obrigou a todos a fazer qualquer coisa. A gente que é homem morre de vergonha. Menos o Baú, que imitou mulher. Quando chegou a minha vez fiquei vermelho e não adiantou eu falar que não sabia fazer nada. Carol disse que se eu não fizesse nada teria que ficar ali o tempo todo. Então recitei uma poesia do Gonçalves Dias, aquela do sabiá. No meio da poesia esqueci uns versos e Carol falou que estava bom. Ganhei uma caneta com o meu nome gravado e um bilhete: "De sua amiga oculta, na esperança de receber poesias de sua autoria". Vai ver que foi Sara que falou que ando rabiscando umas poesias e umas histórias.

A festa foi legal, só não foi legal o final. Quando estávamos saindo, chegou um cara e deu a mão para a nossa professora. Pior: ela concordou. Saíram de mãos dadas na maior tranquilidade. Fervi de ciúmes. Acho que todos tiveram a mesma reação, menos as meninas. E a gente achando que a professora de Geografia só gostava de nós.

Fico por aqui. Te escrevo logo, logo.

Até.

Carlinhos, o ciumento

Meu caro e caríssimo Big Ben,

Não houve nada de especial hoje. Fizemos a última prova. Esperava uma despedida geral. Não houve nada disso. À medida que alguém terminava a prova, ia embora. Fui o último a terminar. Olhei para a sala e senti uma coisa estranha. Parecia que estava me despedindo definitivamente da escola. Senti um vazio por dentro e quase chorei. (Só não chorei porque isso é coisa de menina.) O professor notou meu estado e me perguntou se estava passando mal. Disse que não era nada. Lá fora, não encontrei ninguém. Todos já tinham saído. Ficamos eu e o pátio. O colégio estava mudo. E o silêncio ventava nos corredores. De novo uma sensação esquisita tomou conta de mim. Olhei para as paredes, pilastras e nenhum som se revelou humano. Tive medo. Um medo que dói lá dentro. Olhei mais uma vez para as pilastras e corri deixando para trás aquela estrutura de concreto que me amedrontava.

Só.

Carlinhos, o medroso

Meu caro e caríssimo Big Ben,

Não voltei mais ao colégio. Só espero revê-lo ano que vem. Não quero sentir de novo o que senti no último dia de aula. Hoje, durante o almoço, papai me perguntou o que eu quero ser quando crescer. Disse que não tinha a mínima ideia. "Quero crescer e pronto", foi a minha resposta. Papai continuou me cutucando. "Quando era da sua idade", falou papai, "queria ser tanta coisa. Já quis ser missionário na Amazônia, Tiradentes, monge no Tibete, herói da Guerra do Paraguai, mergulhador no Caribe, piloto na Segunda Guerra, mas o que eu queria mesmo era ser dono de circo e sair pelo mundo sem destino certo". "Eu quero ser jogador de futebol", respondi para encerrar conversa. "Futebol dura pouco, pense em outra profissão. Um negócio que seja como você é", retrucou papai. Respondi. "Quero ser jogador de futebol. Em pouco tempo a gente fica famoso e rico", disse só pra irritar papai. "Só alguns conseguem fama", respondeu papai. E continuou: "Você pode ser jogador de futebol e fazer outra coisa qualquer. Aí, quando você encerrar a carreira, já tem engatilhada outra profissão". "Deixa eu pensar", respondi, enquanto misturava a comida no prato. "Só não vale querer ser jornalista como eu. É uma profissão que exige caráter e isso é artigo que não se vende ou compra. Você tem um ideal, mas seu chefe quer só dinheiro. Se você denuncia a poluição dos rios provocada por empresas químicas, vem o chefe e diz 'quem você acha que paga o seu salário?'. E corta a matéria. Se você descobre um jogo sujo na política, o chefe não deixa passar a sua matéria dizendo que 'tal política faz parte da cúpula governamental e o melhor freguês ainda é o governo'. Nossa crise ainda não é financeira, é de identidade. E onde foi parar o meu ideal? Pra que ensebar banco da escola, para depois ser joguete nas mãos dos patrões?" Papai estava possesso. Foi preciso a intervenção de mamãe: "Caldas, a comida está esfriando, não é hora para discutir essas coisas". "E depois tem mais, ninguém ousa nada. Ninguém inova. Ninguém está preocupado com a qualidade, mas com a venda. Precisamos reagir", continuou papai. "Não se exalte, Caldas, seu almoço já está frio", ponderou mamãe. "Não quero mais comer; se preciso for, faço até uma greve de fome para melhorar a qualidade da imprensa brasileira", disse papai. "Deixe de bobagem, Caldas, você não é nenhum mártir", respondeu mamãe.

Depois dos rompantes de papai, ninguém conversou mais e o nosso almoço virou um velório. E não revelei a ele a minha futura profissão.

Até amanhã.

Carlinhos, o jogador

Meu caro e caríssimo Big Ben,

Ontem à noite procurei papai. Ele estava calmo. Era outro homem. Nem parecia o homem exaltado do almoço. Muito timidamente, falei-lhe de meu desejo. Ele me ouviu com paciência e deixou-me à vontade de ser o que quisesse. Poderia até ser jornalista, que não se importava. Então contei-lhe o meu segredo. "Quero ser escritor", falei. "Por quê?", perguntou. "Sei lá, acho que quero ser escritor", respondi. "E o que você escreve?", perguntou. "Qualquer coisa", respondi. Não satisfeito, ele me apertou. "Não existe qualquer coisa." "Ainda não escrevi nada, mas vou escrever um livro, pode ter certeza", respondi prontamente. Meu pai passou a mão em minha cabeça e disse: "Espero ler esse livro". E me levou até o bar da esquina. E entre cerveja e refrigerante saudamos o escritor que nascia. Depois de muita conversa fiada, papai sugeriu que eu começasse a minha carreira literária fazendo um diário. "No dia a dia do diário, aprende-se a manejar a palavra, é um belo exercício, um aprendizado." E continuou: "E não tenha pressa de publicar nada. As coisas acontecem num tempo certo". Entusiasmado, continuou: "Caso essa história do livro vingue, vou dar-lhe dois endereços. Mande seus escritos para eles. São meus amigos. Um mora em São Paulo, e outro, na Europa". E entramos em casa como dois amigos que não querem se separar.

Até.

Carlinhos, o futuro escritor

Meu caro e caríssimo Big Ben,

Estou pensando seriamente em criar um diário. Mas não precisa ficar com ciúmes. Mesmo tendo o diário, farei o possível para manter nossa correspondência.

Revelei meu segredo a papai e sinto que estou mais livre para escrever – aliás, para tudo. Penso seriamente em reunir alguma coisa que ando rabiscando e enviar para os amigos de papai. O que você acha?

Na esperança de uma resposta, desejo um bom Natal.

Até.

Carlinhos, o escritor

Meu caro e caríssimo Big Ben,

Não vou mais adiar as coisas. Se quero ser escritor, é preciso encarar a realidade e enfrentar os problemas. Se ficar com vergonha dos outros, não vou conseguir nada. Afinal nós escrevemos é para os outros. Já estou de posse do endereço dos escritores. Não sei se terão paciência de ler meus garranchos. Além dos escritos, tenho muitas perguntas. Aliás, só tenho perguntas.

Pai disse que escrever é reescrever. Mas acho uma perda de tempo esse negócio de reescrever. Quero é escrever, escrever, escrever. Tenho pressa. Sinto que o tempo foge em minhas mãos. E depois tem a questão da leitura. Pai diz que devo ler muito, mas ler o quê? Romance, contos, biografias, poesias ou só livros de críticas? Como se vê, Big Ben, são muitas as perguntas. E será que é verdade que quero ser escritor mesmo, ou isso não passa de uma fase? Sei lá. Só sei que deixarei a frescura de lado e vou encher a paciência dos amigos de papai. Nunca pensei que o ofício de escritor exigisse tanto.

Até.

Carlinhos, o perguntador

Meu caro e caríssimo Big Ben,

Meu pai disse que o escritor é um vidente. Vê as coisas que as pessoas não veem. Júlio Verne, que escreveu *Vinte mil léguas submarinas*, falou em submarino antes de ele ser inventado. O poeta Drummond previu a destruição do Pico do Cauê por uma mineradora bem antes de ele virar uma imensa cratera. O artista tem o futuro nos olhos. A arte antecipa a ciência e a história. E como será o meu futuro? Não sei. Dizem que o mundo não chegará ao ano dois mil. E o fim do século não está muito distante. Será que, se o mundo não acabar em 2001, será outro? O Muro de Berlim ruirá? Os judeus apertarão as mãos dos palestinos? Não teremos mais ameaças de ditaduras? Acho que não vejo nada disso em minha bola de cristal. Não tenho ainda olhos de artista. Prefiro esperar por Carol na próxima esquina. 2001 está muito longe.

Até.

Carlinhos, o sem previsão

Pausa para descanso

Fechei o caderno. Além das cartas, havia desenhos inacabados, rabiscos e uma história toda rabiscada e emendada.

O outro caderno me desafiava e me instigava. Poderia recusar a leitura. Já adivinhara o que iria ler. Era o diário, sugestão do papai. Mas como recuar agora? – pensei. Se estou inteiro, impresso nos garranchos de minha caligrafia? E viver é reler as palavras que ficaram no corpo. É abrir os velhos cadernos que ficaram guardados no sótão, no porão de nós mesmos.

Fui à cozinha. A mulher e os meninos chegaram. Pedi à mulher para não ser incomodado. Pedi, também, que distraísse os meninos. A mulher quis saber o que estava acontecendo. Disse que não era nada importante, mas que não poderia revelar nada ainda. A mulher ficou intrigada e curiosa.

Voltei ao quarto. Fechei a porta.

Abro o *Segundo caderno.*

E mergulho em mim mesmo.

A viagem continua

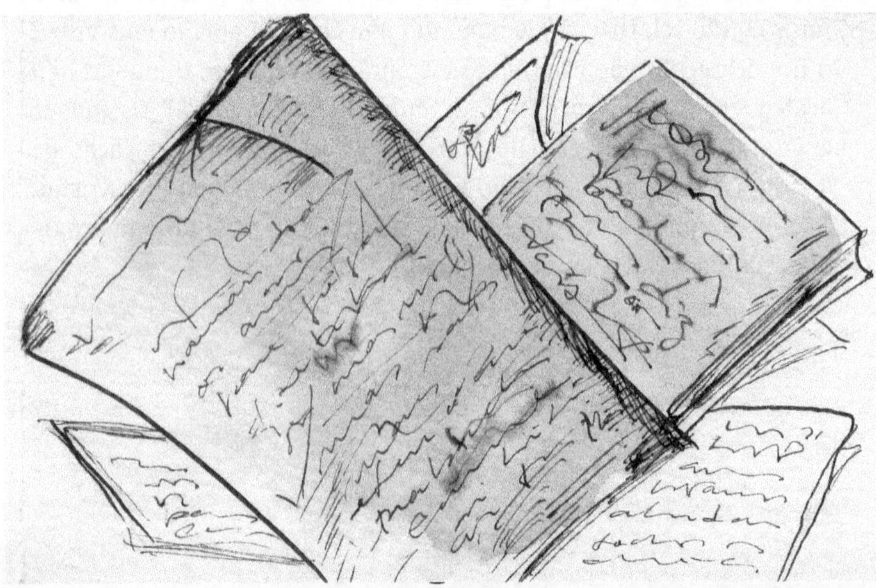

Segundo caderno

O dia a dia

31 de dezembro

A cabeça dói. As pessoas falam ao mesmo tempo. Quero sair. A noite começa além da porta. Se há lua, não sei. Lua é na beira do rio. Estrelas há. Sempre existem. Principalmente quando se viaja de madrugada para pescar, as estrelas invadem a boleia da camioneta e um luão clareia o fundo das águas. A lua na cidade fica nos postes. São pirilampos. Acendem aqui, apagam ali. Lanterna em mão de menino, balançando sempre.

Olho para as pessoas e não penso nada. Elas continuam falando, rindo. A festa continua. A noite continua além da porta. Continuo olhando para todos sem pensar. Aliás, não tenho muito o que pensar. De sonhar eu gosto. De noite, quando coloco a cabeça no Godofredo, meu travesseiro, me transformo. Viro bicho, *cowboy*, padre, aviador, soldado, jogador de futebol. É sonho de nunca acabar.

Gosto de pensar pensamentos esquisitos, estranhos e engraçados. E enquanto as pessoas falam, e a festa não termina, estou no zoológico. Sou um crocodilo e me alimento de borboletas amarelas. Meus muitos dentes são alvos e encavalados. Tenho uma cara dura, grande e feroz. Pescoço não tenho. Tenho é um rabão de quase metro e meio. Faço medo nas pessoas quando escancaro a boca. Todos têm medo de mim, inclusive as borboletas amarelas.

Viver no zoológico é triste. E não quero ser triste. Crocodilo é bicho de rio grande, de comida farta, de gula sempre. Aqui a comida vem pouca e de hora marcada. Às vezes, se esquecem da gente. O jeito é apelar para as borboletas. Logo eu que sou bicho caçador, ardiloso, maldoso. De comer até hipopótamo nos filmes do Tarzan. Aqui não passo de uma vitrina. Todo mundo diz: "Que bicho mais feio! Tem dente demais!", "Olha que bicho nojento, asqueroso!", "Esse aí logo vai virar sapato!". E outras bobagens mais.

Não. Não quero ser crocodilo de zoológico. Se aqui, ao menos, tivesse uma crocodila. E amor de crocodilo como será? Nunca imaginei.

Hoje vi Carol. Disse: "Olá, Carol". Ela respondeu: "Olá". E continuou no seu caminho. O coração pulando na boca, e Carol se perdendo na primeira esquina. Fiquei um tempo enorme ali, olhando para a esquina, como se a esquina fosse devolver Carol. Engoli as palavras que seriam de Carol e fiquei amuado. Será que Carol é um sonho? Pior. Carol é sonho acordado. "Tudo é possível", diz minha mãe. Mãe é mulher. Carol é mulher. Tudo igual. Minha mãe não conhece Carol, nem reparou no amor dos crocodilos. Carol e crocodilo são da mesma família. Se parecem em tudo. Alheios a tudo. Ambos têm um jeito de me ignorar.

Olha só o que essas pessoas que não param de falar e rir fizeram de mim: um crocodilo apaixonado. E elas continuam falando e bebendo. Riem. O ano está acabando e a noite também. "Feliz Ano-Novo", dizem. "Feliz Ano-Novo", respondo. E vou dormir. Ainda ouço risadas, mas quando encosto no Godofredo os sons vão diminuindo, diminuindo até eu virar um crocodilo e mergulhar no rio do sono.

1º de janeiro

Tudo igual. O dia amanheceu na hora certa. De novo, só a chuva. Nada muda. Mudamos de idade e de roupa, às vezes. Seria legal se tudo mudasse. Sol à noite. Lua ao meio-dia. Chuva só na roça. Frio só depois de meia-noite e calor na hora do banho. Aí, sim, seria um ano diferente e novo.

Quinta-feira

Férias. Acordar tarde. Banho fora de hora. Jogo de botão. Pelada. Carol. Professora de Geografia. Sonhos. Preguiça. Libidinagens debaixo do chuveiro. Planos. Cartas. E ficar zanzando por aí até a noite descer. Mas tudo isso só será possível se a chuva parar.

Quinta à tarde

Pai vive falando que este país não tem jeito. Ninguém quer nada com nada. Que é preciso brigar pela vida, pelo trabalho. Papai vive sonhando, diz mamãe.

Terça-feira

Hoje amanheci com a cachorra. Com os pés trocados. E antes de bater a cabeça em alguma porta de armário, vou logo dizendo que detesto tomar banho no frio e também no quente. Ter que sair do banheiro quando se está no bem-bom, escovar dente antes de dormir, comer com garfo, usar sapato novo, fazer sala pra visita, usar calça pinicando, fazer "para casa", não poder repetir a sobremesa, comer jiló, visitar parentes, agradecer presente, fazer cara boa na hora de tirar retrato, quando alguém diz que cresci, quando alguém pergunta o que eu vou ser quando crescer e outras coisas como comprar capim pros coelhos de vó Donana, dar recados, não poder chupar picolé no frio e comprar aspirina pra tia Lili.

Sexta-feira

"A greve vai estourar qualquer dia", diz papai. "Cuidado com essas coisas", retruca mamãe. "É agora ou nunca", responde papai. "Você tem mulher e filhos. Não quero nenhum herói aqui em casa", continuou mamãe. "Que é isso, mulher?", respondeu papai. Não entendi nada.

Sábado

Sábado de chuva, chuva e uma nesga de sol.

Segunda-feira

Papai está agitado. Telefone não para de tocar. Fagundes, o amigo de papai, trouxe os panfletos. Os cinzeiros estão cheios. Mamãe não diz nada. Papai fala sozinho: "Amanhã eles vão ver". É a greve.

Quarta-feira

A chuva voltou fininha. Todo mundo dentro de casa. Sinto até saudades da escola e de Carol, é claro.

liberdade

Quinta à tarde

Decidi. Vou inventar um jornal só pra mim. Vai ter de tudo. Quadrinhos, charges, artigos grandes e chatos (todo jornal que se preze tem que ter artigos grandes e chatos, não sei a razão, mas que tem, tem), futebol, charadas, curiosidades, piadas. A diferença de meu jornal com os grandes jornais do mundo é que os grandes jornais do mundo são utilitários. Servem de papel de embrulho e de papel higiênico. E o meu jornal, como ficará restrito às páginas deste caderno, não terá utilidade nenhuma, ainda bem.

Sexta-feira

Papai acordou tarde. Não foi trabalhar. Ficou de pijama toda a manhã. Papai tem mania de conversar sozinho. Já o peguei fazendo discurso e gestos. Sara morre de rir quando vê papai nessas situações. Sara é uma graça. E a greve é uma ameaça.

Sexta ao meio-dia

Tia Lili não pode me ver, que me manda na farmácia comprar comprimidos para sua enxaqueca. Vive com as mãos na testa... Penso comigo: como é que ela toma banho, já que não tira as mãos da testa?

Terça-feira

Paulinho mandou me avisar que o campeonato de botão vai começar. Ronaldão já escalou o seu time: Geni, Mosca e Raposo. Cascão, Cata-Piolho e Dilúvio. Formigão, Pôncio Pilatos, Maria Clara, Lobisomem e Santo Cristo.

Quarta-feira

Ouvi papai falando pra mamãe: "Se este país não for pra frente, pra trás não tem mais jeito".

Sexta-feira

Nada. Chuva na janela traz preguiça e irritação. Ouço conversa esquisita de pai e mãe na cozinha:

– Deu tudo errado. (pai)

– Eu te avisei. (mãe)

– Na hora H eles afinaram.

– Agora eles estão empregados e você desempregado.

– Tenho algumas propostas.

– Propostas? Sei. Tudo conversa fiada. A situação está ruim pra todo mundo. Todos têm medo. E quem vai admitir grevistas?

– Tenho fé. A situação vai mudar.

– Você continua sonhando acordado. Ainda bem que tenho minhas aulas na escola, senão estaríamos passando fome.

– Ih! Já vem você. Eles não são eternos. Um dia eles caem...

– Mas enquanto não caem, todos precisam comer e estudar.

– Quem me preocupa é o Carlinhos. E a escola pública fica do outro lado da cidade.

– E o colégio particular é pra filho de rico.

– Vou apelar para Margarida. Ela prometeu colégio para Carlinhos, lembra?

– Agora ela se chama Irmã Sol. Não gosta de ser chamada Margarida.

– Tudo mesma coisa. Margarida e Irmã Sol são uma só.

– Vou sentir falta dele.

– Já estou com saudades.

– Vai ser bom para ele.

– Acho também. Ele vai ter que se virar sozinho.

– Ele é tão pequeno.

– Não me venha com lamúrias. O tempo passa rápido.

– Vou falar logo com ele. Mãe é pra essas coisas.

– Essas coisas são pra homens. Vai ser uma conversa de homem pra homem. Arranjo uma pescaria e aí a gente conversa.

– Como queira, só não podemos amolecer.

Quase interrompi aquela conversa maluca. Que história mais doida: "Irmã Sol", "saudade", "o tempo passa rápido", "conversa de homem pra homem", "pescaria". Eu, hein? Que coisa mais doida, sô!

Sábado

A chuva parou. O tempo continua feio. Vou sair. Bater pernas. Fazer qualquer coisa. Preciso desenferrujar as pernas. No momento em que coloco o pé na rua, ouço: "Carlinhos, vem cá". É tia Lili querendo que eu vá à farmácia comprar um remedinho pra sua enxaqueca. Vou. O tempo ameaça. É preciso sair logo. Já estou no portão, ouço: "Carlinhos, vai levar Sara à casa de Mariana. Não gosto que menina ande sozinha nessas ruas". Vou. O tempo é chumbo e as nuvens estão baixas e cinza. É preciso encontrar alguém da turma. Já estou no passeio, ouço: "Carlinhos, é preciso colocar esta carta no correio agora". Leio o envelope: Irmã Sol – Liceu São Francisco das Chagas – Virgem do Serro. Fui. A carta em minhas mãos queimava. Lembrei-me da conversa de pai e mãe. Quando depositei a carta no correio, senti-me abandonado e só. Voltei. É hora do almoço. Mãe foi à escola. Pai saiu. Tia Lili dormiu. Sara não voltou da casa da amiga. Duda não apareceu no almoço. Ao sair, a recomendação de mãe: "Tome conta da casa, até eu voltar". Enfim, "viver é fazer o que não se quer".

Domingo

Ouvi tia Lili falando para Sara: "Viver é quando conseguimos ter as mãos livres para podermos construir um futuro melhor".

Se depender dela, não teremos futuro: ela vive com as mãos na testa.

●

Enquanto comia uma coxa de frango, Mandioca, o cão, olhou para mim com seus olhos grandes de vaca e pensou: "Eu queria mesmo é ser dono de uma granja".

Sara, com batom em punho, escreveu no espelho de seu quarto: “Viver é refletir no outro a sua imagem e semelhança”. Acho que já vi isso em algum lugar.

Mamãe na cozinha dizia pra todo mundo ouvir: “Viver é lavar louça de manhã, de tarde e de noite”. A vida de mamãe deve ser uma lavação sem fim.

“Viver é misturar tudo isso e acreditar que estamos vivos”, diz o Big Ben.

Domingo à noite

À noite flagrei meu pai beijando minha mãe. Nunca imaginei que pai beijasse mãe.

Segunda-feira

E o nome do meu jornal? Não existe jornal sem nome. Que tal *Jornal de um Jovem quando Jovem*? ou *Jornal do Dia*? Nome, nomes. Dar nomes pra coisas é difícil. Imagine Adão dando nome às coisas lá no céu? E *Virado pra Lua*? Tia Lili não vai gostar. *Bem do Seu Tamanho*? Já existe um livro com esse nome. *Jornal dos Jornais*? Já que vai ser um jornal de recortes? Já sei. O jornal vai se chamar *Jornal do Outro* e ponto final. Por que *Jornal do Outro*? – agora pergunto eu. Sei lá. O Big Ben deve saber. E é o Big Ben que edita o primeiro número.

Jornal do Outro

Editor: BIG BEN **Número 1 Ano 1** **Fundador: Carlos Caldas**

Distribuição: Galopress *Toda edição deste jornal é extra*

Edição Extra

Editorial

Espelho, espelho meu
Quem te refletiu não fui eu

CONSELHOS DESNECESSÁRIOS

Não deixe fugir o amor que você esconde sob seus pés.

Não pise forte, nem fraco. Melhor não pisar. Flutue. Imagine uma bolha de sabão e viaje nela, mas não vá muito longe. A bolha pode arrebentar e você cair do cavalo.

E cavalo, você sabe, gosta de alfafa e de dar coice no traseiro – você não poderá sentar nem ler esta crônica.

Um conselho de amigo: seja você mesmo o seu outro, ninguém pode se colocar no papel de outra pessoa.

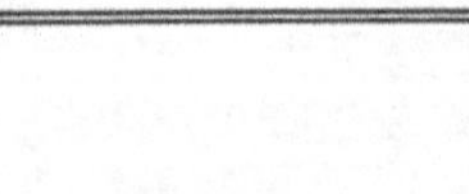

Você pergunta e BIG BEN responde

Minha mãe não aceita o meu namoro, o que faço?
Flor de Maio

R: Não se desespere. Há outras maneiras de encarar o problema.
Faça um agradinho à sua mãe, dando-lhe um bilhete premiado de loteria federal, um par de brincos de coco e ouro e também seu namorado. Você assim resolve o seu problema duplamente: tornando a sua mãe riquíssima e ficando livre do enjoado do seu namorado. Viu como é fácil?

Como mostrar a meu irmão que já cresci?
Lua Minguante

R: Compre sabão e lave os olhos dele. Depois pare com essa mania de andar agachada.

Não tenho orgasmo, o que acontece?
Cavalo Doido

R: E eu que não tenho dinheiro?

Coluna do OUTRO

OUTRAS INFORMAÇÕES TAMBÉM INÚTEIS

O automóvel Ford, de fabricação de Henry Ford, foi lançado nos EUA em 1929. No Brasil, esse mesmo carro apareceu em 1925.

Ficou decretado que as pessoas que não têm pé de atleta podem jogar futebol.

O chato é um piolho bem chatinho.

FREUD

Édipo nunca teve complexo de Édipo.

Édipo nunca soube o que era complexo de Édipo.

(Não havia espelho naquela época.)

Édipo era um cara apressado, teve mãe e esposa, tudo de uma só vez.

Meu Diário

Hoje sou um revolucionário.

Sou um espelho do meu pai.

Quero aplacar a fome do mundo. Desfraldar a bandeira da liberdade nos quatro cantos do planeta. Criar uma sociedade justa e sem privilégios. Mas quando eu crescer quero ganhar na loteria e ser que nem o engenheiro que mora na esquina: casa com piscina, carro do ano, mulher novinha em folha e dinheiro no banco da Suíça.

Segunda à noite

Meu amigo e professor Graciliano ensinou a brincar com as palavras. Ele me disse uma vez que era apaixonado por Marina e quando estava sozinho vivia brincando com Marina. Com a palavra *Marina*, o que é a mesma coisa. Faço o mesmo com Carol, aliás Carolina.

Coral, carol, cor, colar, orla, lina, caro, aro, cora, rolo, nora e com auxílio de outras palavras faço um verso e um acróstico.

O colar de Carolina
Tem as contas do coração
A graça desta menina
Tem a cor da solidão.

Cor
Anil
Raio
Orla
LINA

Gostou, Carol? Digo, Graciliano?

Terça ao meio-dia

O Botafogo vem jogar contra o meu Atlético. Duda falou que vai comigo e paga o ingresso. O Bota vem completo. Até o maluco do Mané Garrincha vem. Torço pro domingo chegar.

Tarde de terça

Nenhuma notícia de Carol. Ela deve ter viajado. O campeonato de botão começa hoje e o meu time já está escalado: Vermelho, Manqueba e Rutinha. Ostra, Laranja e Magrelo. Alemão, Xarope, Xique-Xique, Falafino e Calango. Vai ser duro parar esse meu time, ainda mais com Big Ben no banco, de técnico.

Quinta-feira

O time do Zorelha tomou de 5. Xique-Xique fez 2. Xarope,

Calango e Falafino fizeram os outros. Amanhã pego o time do Paulinho. Vai ser outra goleada, me garante o Big Ben.

Sexta à noite

Confesso. Tenho três gavetas. Ficam no móvel de minha cama. São três gavetões e é lá que me encontro.

Abro a primeira: *Flash Gordon de volta à Terra. O filho do Fantasma.* Pôster da Brigitte Bardot e do Atlético Mineiro. *O Pasquim. Peninha. Pato Donald. Bolinha. Snoopy.* Garrincha. Coleção completa do Asterix, *Mad, Circo, Hagar,* convite para uma hora dançante na casa de Carolina, Che Guevara. Minha querida Alice e seu País de Maravilhas e *Vidas secas,* cada vez mais secas em todo o Brasil.

Abro a segunda: meu time de botão. Uma manivela e um surecão*. Uma camisa preta e branca e outra amarela. Meia. Joelheira. Canivete suíço dado pelo padrinho, caneta-tinteiro. Coleção de tampinhas.

Na terceira gaveta tenho: *A chave do tamanho,* de Monteiro Lobato, *A terra dos meninos pelados,* do Graciliano, *O encontro marcado,* de Fernando Sabino, *Os meninos da Rua Paulo,* de Ferenc Molnár, e este diário. Uma caderneta, uma porção de páginas escritas, uma caixa de lápis de cor, canetinhas, lápis e um caderno de desenho. E é nesse caderno que mora o meu amigo Big Ben. Em suas veias corre o grafite e eu também. Ele quer ar e cor e nestes dias de chuva vou precisar muito dele.

Terça-feira

Hoje me peguei escrevendo pra Carol. Estou levando a sério os conselhos do Graciliano. Escrevi: "Do jeito que amamos, ficamos cada vez mais bobos".

Será que Carol pensa da mesma maneira? Será que ela sabe que eu existo? E será que o que eu sinto é amor? E amor, o que é? Big Ben, no fundo da gaveta, deve estar com um riso no cantinho da boca.

---

* *Papagaio sem bandolim e sem rabiola. (N. do E.)*

Quarta-feira

O Gigante de Lourdes vai encher. Só se fala no jogão. O Atlético promete honrar o nome de Minas. Os times já estão escalados. E o domingo não chega. O Botafogo vem de Manga, Josimar, Leônidas, Newton Santos e Rildo. Gerson e Didi. Garrincha, Heleno de Freitas, Amarildo e Jairzinho. Como dizem os cronistas, vem com a sua força máxima. Já o meu Galo não fica atrás. E para encarar o Bota, o Galo manda a campo*: Kafunga, Murilo Silva e Ramos. Afonso, Zé do Monte e Haroldo Lopes. Lucas, Guará, Carlyle, Ubaldo e Nívio. E o domingo não chega.

Tardinha de quarta

A chuva continua. E chovendo não há brincadeiras. O negócio é ficar mofando dentro do quarto. Invento uma partida de futebol com as paredes. Chuto e a parede me devolve a bola redondinha. O jogo torna-se monótono. Resolvo mudar as direções de meus chutes. E os chutes saem violentos e minhas defesas acrobáticas. Sou um Yashin, um Gilmar, um Veludo, um Kafunga, um Marcial. E quando chuto sou Didi e descubro a folha-seca. Esmero no chute. A bola sai com graxa, veneno. E a parede me devolve com mais graxa e veneno. Sinuosa, escapa de minhas mãos. É como um pênalti bem batido. Goleiro num canto, bola no outro. Só que, em vez de rede, havia janela, e na janela um vidro. O barulho foi grande e mamãe furiosa e ofegante abriu o verbo. Falou tudo na conversa com papai. Agora tinha certeza de algumas coisas e meu time tomou outro gol.

Quinta de manhã

Na primeira gaveta, há uma ameaça: "Vai acabar o mundo" – um cometa desconhecido avança de encontro à Terra. Diz a ciência: "Só um milagre nos salvará". Enquanto isso, a bordo de um avião, viajam Flash Gordon, aluno da Universidade de Yale, famoso esportista, e Dale Arden, uma passageira. De repente, um meteoro

* *Mandar a campo: escalar o time que vai jogar. (N. do E.)*

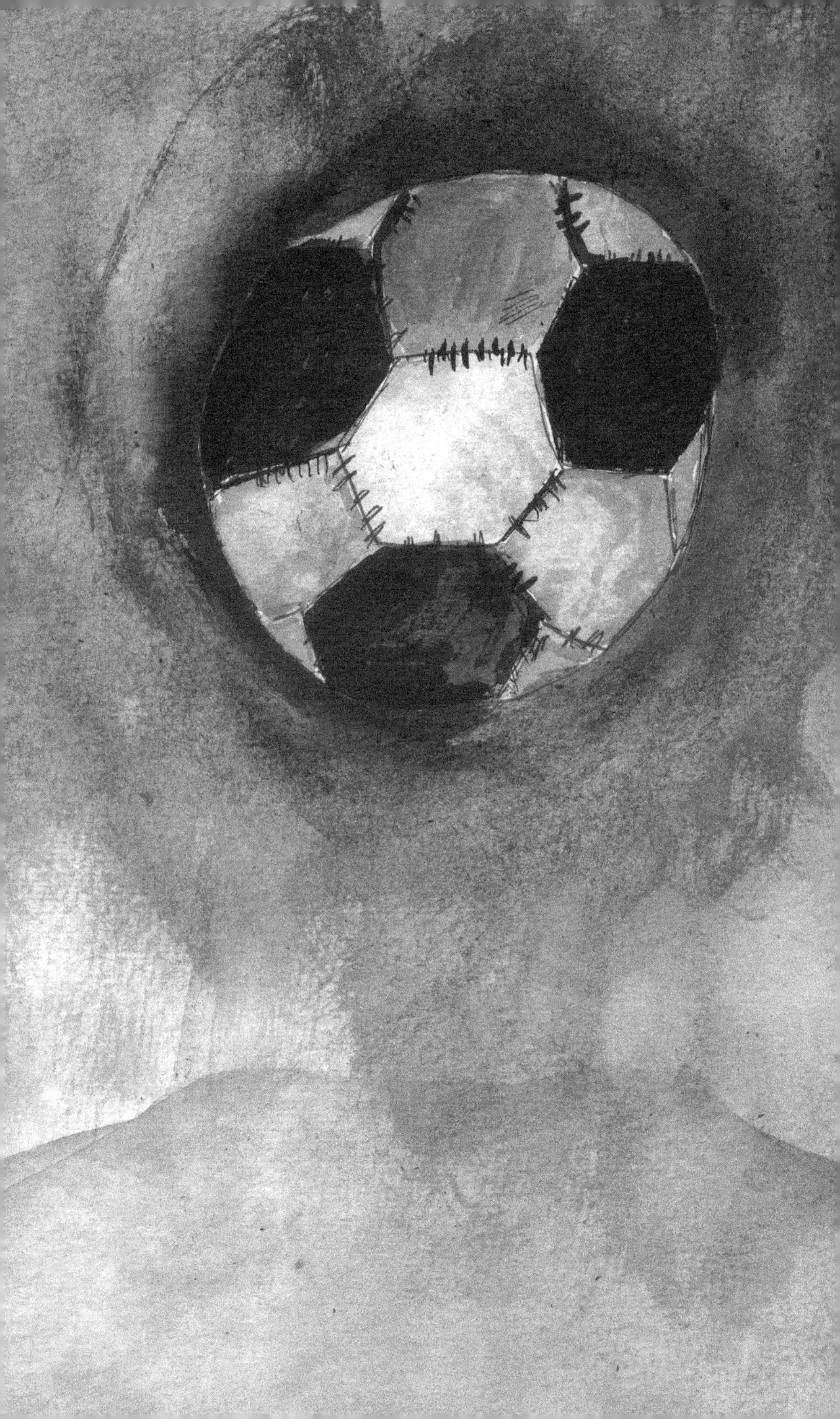

luminoso, fugindo à aproximação do cometa, choca-se com o avião e quebra uma asa. Flash, com seu paraquedas, desce bem perto do observatório do dr. Zarkov. Dr. Zarkov pensa que Flash e Dale são espiões e os obriga a entrar em sua invenção, um projétil que vai ser arremessado contra o cometa. Flash diz: "Céus! Você está louco!". E com ensurdecedor barulho, o projétil do dr. Zarkov com Flash e Dale a bordo, em grande velocidade, voa de encontro ao bólido.

Antes que aconteça alguma coisa pior, fecho a gaveta.

À noite, quando assistíamos à TV, a programação foi interrompida para mostrar a ação da polícia no controle à greve dos jornalistas. E mostrou a polícia prendendo alguns jornalistas que tentavam fazer piquetes. Sara, do fundo da sala, gritou: "Olha o papai sendo preso". "É mesmo", concordou tia Lili. "Não pode ser", respondeu mamãe. Houve um *replay* da cena, e agora todos tinham certeza. "Minhas aspirinas", pediu tia Lili. Sara começou a chorar. Mamãe correu ao telefone. "Quero falar com o capitão Rangel", escutei mamãe ao telefone. "O quê?", estranhou mamãe. "Como não pode?", continuou desesperada mamãe. "O Caldas (papai) é seu cunhado... Ordens superiores? À merda, Rangel." E falou outros palavrões sonoros. Concordei com mamãe e gritei: "Esses caras são uns F.D.P.". "Que é isso, menino? Olha o respeito", censurou-me mamãe. Ficou olhando para o teto e depois concordou comigo: "Esses homens são uns F.D.P. Governo que prende trabalhador não merece respeito", disse, e começou a pôr ordem na casa dizendo pra Sara parar com a desordem e pra tia Lili não fazer drama. Enxotou o Mandioca pro terreiro, desligou a tomada do telefone e mandou todo mundo para os quartos. E falou pra todo mundo ouvir: "O mundo não vai acabar, o seu pai sai amanhã, agora todo mundo dormindo que tenho o que fazer". Duda não estava em casa e perdeu mais esse espetáculo.

Sexta-feira

Hoje de manhã corri para o quarto de mamãe. Duda e Sara já estavam no corredor. Abrimos a porta devagarinho. Mamãe estava acordada e do lado dela papai dormia um sono solto. Ela pediu silêncio e quase sussurrando falou: "O Caldas chegou de madrugada. O sindicato interveio. O Rangel deu uma mãozinha. Agora todos para a cama que ainda é cedo". Voltamos frustrados. Afinal, não é todo dia que pai vai preso e a gente tira uma de herói com amigos.

Sexta à tarde

Além de Xique-Xique, meu time de botão ganhou dois reforços: Reco-Reco e Tico-Tico. Eles são de vidro de relógio Ômega Ferradura. Troquei-os com o Baú por uma figurinha carimbada do Pelé. Com Tico-Tico, Xique-Xique e Reco-Reco já sou dono do caneco.

Sexta à noite

Big Ben cochicha em minha orelha esquerda: "Abra a primeira gaveta e salve o Flash Gordon". Acho graça em Big Ben e peço-lhe para esperar. Não satisfeito, retruca: "Salve pelo menos a Dale".

Sábado

A chuva engrossa. Sol é coisa do passado. O jogo do Atlético foi adiado, logo agora que o domingo ia chegar.

Domingo

Hoje é domingo. Não tem sol nem futebol. Big Ben, ansioso, quer editar o segundo número do *Jornal do Outro*. Na estante do Duda descubro um livro só de frases feitas. E essas frases farão parte do melhor jornal do mundo. Confesso. No livro de frases feitas do Duda, achei uma carta. É lógico que a escondi na terceira gaveta. Big Ben vai gostar, vai se deliciar com a missiva. Vou lê-la amanhã. Hoje Duda está em casa, e, se ele me pega com a carta, me mata.

Jornal do Outro

Editor: BIG BEN **Número 2 Ano 1** Fundador: Carlos Caldas

Distribuição: Galopress *Toda edição deste jornal é extra*

Edição Extra

Editorial

Espelho, espelho meu
Quando você reflete não sou eu

CONSELHOS DESNECESSÁRIOS

Não escreva muito. A professora pode não gostar e ler. Aí ela rasga e você acaba virando papel picado.

Não cante no banheiro, a sua voz pode morrer afogada ou descer pelo ralo.

Não use a palavra *não*, ela não gosta de ser não.

Informações inúteis

A roda só roda porque é redonda.
Dois e dois são quatro porque eles querem.
O porco só é porco porque come porcaria.
Planta carnívora, além de não ter boca, não tem dentes.

Você pergunta e BIG BEN responde

Estou perdido. O pai da moça já sabe. O que faço?
Nau Sem Rumo

R: Nada.

Procuro uma alma gêmea.
Estafera Abandonada

R: Informe-se com sua mãe.

Sonho sempre que um homem está me agarrando. O que faço?
Dama da Noite

R: Se você estiver gostando, continue. Se não, acorde.

Coluna do OUTRO

LÓGICA

Há 5 anos éramos
mais jovens
ALIÁS todos eram mais
jovens, inclusive o Thiago,
que nem tinha nascido.

SUCESSÃO
PRESIDENCIAL

O penúltimo ou será o
último? ditador latino
americano
não, não, não caiu
apenas tropeçou
no povo.

Meu Diário

Quando me derem oportunidade vou sugerir alguma coisa para Deus. Se é que Deus vai me ouvir.

Por exemplo: as crianças deveriam ter a mentalidade de um adulto. Isto é, de certos adultos. Já pensou um bebê pensando como Hitler? Se é que todo menino que se preza é um incendiário.

Já pensou o Papa de fraldas? E o filhinho do presidente dos Estados Unidos do Brasil de gravata?

Acho que depois destes exemplos Deus não me daria essa oportunidade.

FELICIDADE NÃO SE DISCUTE. NEM INFELICIDADE, POR FALAR NISSO.

Frases feitas que poderão salvar a sua alma:

Deus é mãe, não é madrasta.
Édipo, o Rei

Quem tem rabo de palha tem medo de se queimar.
Marylin Monroe

Só morre quem é vivo.
Getúlio Vargas

Viúva é que nem cana verde, chora mas pega fogo.
Onassis

Entre as três coisas melhores desta vida,
comer está em segundo e dormir em terceiro.
Stanislau Ponte Preta

Uma coisa é definitiva: quem se curva diante
dos opressores mostra o traseiro dos oprimidos.
Millôr

Enquanto o cão ladra, não morde.
Bob Cão

Segunda-feira

Lindaura mora no final da rua. É filha de d. Benta, a costureira. D. Benta me atendeu na sala e lá estava Lindaura, de cabeça baixa e me olhando com um rabo de olho. Agulha e linha sobre o colo, pernas cruzadas. Lindaura me costurava com seus olhos baixos e sorrateiros.

Não tirei os olhos das pernas de Lindaura. E tive meu alumbramento quando Lindaura levantou os olhos e descruzou as pernas. Via a linha imaginária do Equador e as fontes luminosas do inferno. Lindaura percebeu meu embaraço e riu com os olhos. Só fui recuperar o fôlego na rua. E Carol?

Ainda segunda-feira

Chuva. Sol. Jogo de botão. Revistinhas. Papai. Futebol. Será que a vida é só isso? Gastar o tempo é gastar a vida? E Carol, mamãe, tia Lili também pensam assim? Big Ben tem razão quando diz que o bom mesmo é sorvete de flocos e galinha roubada do vizinho.

Segunda à noite

A água desceu quentinha, acolhedora, gostosa. Deixei a água escorrer um tempo grande. O corpo era só sabão e espuma. À medida que a mão ensaboava o sexo do corpo, Lindaura apareceu inteira, com seus olhos baixos e sorrateiros, seu sorriso gostoso, nuinha, nuinha em toda sua mulatice para meu deleite e gozo.

Em minhas mãos, o sexo avolumou-se e com movimentos de ir e vir da mão descobri o céu, o inferno e depois o mar. Náufrago me senti. No fundo mais fundo de uma noite permaneci alguns minutos. Uma sensação gostosa de não fazer nada me deixou de olhos fechados sob o impacto morno da água. Enquanto curtia aquele vão momento, Lindaura bateu asas e Duda esmurrou a porta. O sonho acabou.

Terça-feira

Tive notícias de Carol. Ela está em São Paulo. Passeando na casa de parentes. São Paulo fica longe. Tão longe que não cabe no pensamento. Carol cabe.

O campeonato de botão prossegue hoje. Jogo contra o time do Beto. Meu time e o do Ronaldão estão invictos. O time do Paulinho não deu nenhum aperto. Repeti o placar: 5 × 1. Xique-Xique está impossível, fez os cinco gols.

À noite

(enquanto Duda saía para namorar)

São João do Evangelho, 12 de setembro de 19...

Querido Duda

É difícil escrever esta carta depois de tudo o que aconteceu. Nem sei se é justo escrevê-la agora. (Não estou entendendo nada.*) *Afinal, tudo foi tão rápido, até o beijo.* (O safado do Duda beijou a mocinha.) *Agora não sei* (e é preciso saber?) *como encará-lo.*

Fui egoísta. Só pensei em mim. Queria tudo ao mesmo tempo. (Quem não quer?) *O Beto me deixou confusa. Nunca pensei em Beto como namorado, sempre o tive como irmão.* (Conheço essa jogada.) *Ele complicou tudo com essa história de namoro. E como não queria magoá-lo, fui levando a coisa na brincadeira. Agora sei que não devia ter dado a ele esperanças. E foi uma confusão só. Não queria vê-lo envolvido em meus problemas.*

O mundo é *contraditório* (o que é isso?), *mas eu te quero muito.* (E você acredita nisso, idiota?) *Nós tivemos dias memoráveis e inesquecíveis. Como poderei esquecer o nosso Carnaval? O primeiro beijo?* A *nossa fuga para o terraço do clube? Os versos que você fez para a lua? A sua fantasia de índio bororó* (Essa não, Duda! Índio bororó?) *e eu vestida de baiana? Como esquecer o outro beijo dado*

* *Pensamento meu.*

dentro do salão para espanto de todos? (Que romântico, um índio bororó beijando uma baiana.)

Tudo foi tão rápido e tão bonito que te peço perdão pela intromissão do Beto em nossas vidas. (Perdoa, garoto, perdoa.) *Juro que fatos como este nunca mais acontecerão em nossas vidas.*

Para terminar, espero que você reconsidere minha atitude e me aceite de novo em seu coração.

Um... de Matilde,
a sua eterna baiana.

Com um sorriso no canto da boca e dobrando aquela apaixonada missiva para colocá-la de novo no livro, Duda apareceu. E nem deu tempo de explicar nada. Tomou a carta de minhas mãos e ainda me deu um tapa e advertiu: "Não faça mais isso!". "Pois não, bororó!", respondi. Outro tapa e ameaça: "Não tem mais Atlético nem Botafogo".

Quinta-feira

Paulinho me contou que Carol fica lá mais duas semanas. O tempo não passa e Carol é o próprio tempo. Enquanto Carol é um tempo ausente, Lindaura é o meu sabão. Fica no corpo fazendo bolhas e espumas. É um banho morninho que não deveria acabar nunca.

Sexta-feira

Porque hoje é sexta, o Big Ben pegou no meu pé: "Salve a Dale, a nossa Dale". "Nossa?", estranhei. "Dale é minha e do Flash Gordon", respondeu Big Ben com uma ponta de satisfação. Na verdade verdadeira, não sei como salvar Dale e Flash Gordon. "Perdi a revista e não sei o resto da história", respondi ao Big Ben. Ele, que mora num caderno de desenho e sabe das peripécias de um personagem de quadrinhos, respondeu: "Tenha paciência que eu invento um final para a história, mas só salvo a Dale porque quero que ela more aqui comigo".

Porque hoje é sexta, papai vive falando que o sindicato faz isso e faz aquilo. Acho que papai vai acabar virando presidente desse sindicato. Já mamãe vive dizendo que política não enche barriga de ninguém. Só dos tubarões. Tubarão é político?

Porque hoje é sexta, mamãe me pediu para buscar as costuras na casa de d. Benta. Fui correndo. No caminho, pensei forte em Lindaura. Tive a sensação de estar tomando banho com Lindaura. Excitado e ansioso fiquei. Apressei os passos. Revi toda a cena do banheiro: Lindaura nuinha me ensaboando e o Duda esmurrando a porta. Lindaura não estava em casa e d. Benta não terminara a encomenda. Sorte minha.

Porque hoje é sexta-feira, o *Jornal do Outro* – em edição especial – informa e decreta: "O beijo deve ser dado de olhos fechados e boca entreaberta".

Porque hoje é sexta-feira, Sara pula no pescoço de papai e, entre beijos e afagos, o faz prometer um passeio no Parque Municipal com muita pipoca, trem fantasma, cavalinho, gangorra, roda-gigante e refrigerante.

Porque hoje é sexta-feira, papai afixou um quadro-negro na parede da copa, apesar da bronca de mamãe. E escreveu com giz colorido a frase do dia:

O homem é o único animal
que joga no bicho.

(Murilo Mendes)

Mamãe acabou concordando com a ideia e colaborou com outra frase:

Esperança é pintar um urubu de verde.

(Mário Quintana)

Tia Lili gostou da brincadeira. Tirou a mão da testa e atacou:

A vida é uma dor de cabeça
que não passa, não passa, passa.

(Aspi Rina)

E o Mandioca de orelha e rabo em pé completou:

A vida é um osso duro de roer,
pra quem não tem dente.

(Bob Cão)

Papai não se conteve e, aproveitando um pedacinho do quadro, registrou:

Hoje é sexta-feira, amanhã é sábado, depois
de amanhã é domingo, e segunda-feira
ninguém sabe o que será.

(a Carlos Drummond de Andrade)

Sábado

Papai quase não sai de casa. De vez em quando vai ao bar tomar cerveja. Lê o tempo todo e fala mal do governo. Mamãe diz que vai proibi-lo de ler jornal.

O mesmo sábado

Estava no bar da esquina tomando refrigerante quando Lindaura passou do outro lado da rua. Os homens todos foram para a porta apreciar as curvas daquela mulatice. Lindaura notou a movimentação e sorriu pra todos. Houve gritos, assobios, piadas. E rebolando em meus olhos, já cegos de ciúmes, virou a esquina.

Há sempre esquinas em minha vida. Nesse sábado, Lindaura ficou sem tomar banho.

Domingo

Outro domingo sem sol e sem futebol. O negócio é matutar nas coisas miúdas. Coisas sem valia, que só valem pra gente mesmo.

Coisas de se guardar calado, coisas que ficam nos olhos, que não devem ser reveladas. Às vezes me pergunto por que a gente gosta de certas pessoas, se são todas iguais? Todas têm pernas, bunda, nariz, olhos, orelhas, ou não têm? Carol é Lindaura? É e não é. E a minha professora de Geografia? Pronto. Não queria revelar mais esse segredo. Ela não é Lindaura, nem Carol, mas é a minha professora preferida. Pior. Não é só minha. Todo mundo gosta dela. Carol, Paulinho, Mosquito e uma porção de gente mais. Sei não. Ela fala igual à gente. Não é igual aos outros professores, que falam uma língua estranha. E quando ela fala, fico quieto. Ficamos. Ninguém avacalha a sua aula. O nome dela? Sei não. É professora de Geografia e ponto final. Acho que Carol deve saber o nome dela. As mulheres sempre sabem essas coisas. Sei que tem umas pintinhas no rosto e que sabe tudo. Parece com Carol. É isso. Carol também tem pintas. Danou tudo. E lá se vai meu domingo de missa e de muita preguiça.

Segunda

De manhã, quando fui ao banheiro do quarto dos velhos, encontrei na mesinha um escrito de papai. Os velhos dormiam. Era uma poesia dedicada à mamãe. Roubei o papel e copiei a poesia. Quando se está amando, tudo vale, até roubar poesia de pai:

NÃO IMPORTA O CORAÇÃO

NÃO importa o rádio ligado
o som alto, a voz rouca
não me importa se a lua está cheia
minguante, nova
não me importa a cerveja gelada
seu olho triste, a voz amarga
não, não me importa nada
o que me importa é seu olho triste
a cerveja gelada, a lua nova ou minguante.

Não entendi papai dizer que nada importa, se tudo importa. Esses velhos têm uma linguagem que só eles entendem. Mas isso não importa. O que importa é que as coisas não mudam. As coisas continuam e estão sempre se repetindo. Nunca passou por minha cabeça que nossos pais, os nossos velhos pais, podem ser como nós, que estamos aprendendo as primeiras lições do amor. E amor? Sei lá. Só sei que o mundo roda e se não ficar esperto caio da roda-gigante, como diz vó Donana.

Ainda é segunda

O Duda, melhor, o Bororó ainda me evitando. Acho que ele desistiu de verdade de ir comigo ao jogo do Atlético. Se isso acontecer, será a maior sacanagem do mundo. Vive querendo ser músico de verdade. Não perde um *show*. Nem na TV. Já de futebol, não gosta.

Eta segunda comprida!

Pensamento do dia: "É preciso ficar atento. Prestar muita atenção. Um momento de bobeira pode ser fatal". Quando pai e mãe conversam, fico de orelha em pé. Sou baralho nas mãos deles.

A segunda continua

O Botafogo vem com Heleno de Freitas, nós temos Guará. Eles têm Gerson, nós Haroldo Lopes. Didi de um lado, Zé do Monte do outro. Até aí tudo bem. Só que eles têm o Garrincha e esse Mané avacalha tudo. Agora, se o Duda não me levar vai ser a sacanagem das sacanagens.

A segunda ainda não acabou

Tia Lili, com a mão esquerda na testa, rezava: "Ave Maria, ai que dor de cabeça, afastai de mim esse cachorro pestilento que me cheira (era o Mandioca, cheirando o pé sujo da tia Lili. Gente grande também tem pé sujo). Tirai esse focinho frio e nojento que roça o meu calcanhar. (Obs.: o Mandioca adora coçar o nariz nos cascos raspentos de nossa tia.) Dai-me paciência para não chutar a cara deste demônio, que agora tem o despudor de cheirar as minhas partes íntimas, amém".

Papai, que lia jornal, não conseguiu segurar o riso e caiu na gargalhada. Tia Lili virou fera. Manteve a mão esquerda na testa direita. Tomou fôlego e uma aspirina, é claro, e atacou papai: "Cão injuriado, cachorro de uma figa". Mandioca, feliz, abanou o rabo e latiu de satisfação. Tia Lili não se conteve. "Estou xingando é o seu pai, o Caldas, cachorro enjoado e burro."

Foi a vez de o Mandioca cair na gargalhada.

Esta segunda não acaba nunca

Mandioca, o cão, é um puro-sangue vira-lata. Tem paladar refinado. Degustou, entre outras coisas, caldo de mocotó, a tomada da máquina de lavar, um prato de porcelana chinesa com laranja e pato, o tricô de tia Lili, a rolha do vinho do Pequeno Príncipe, a meia de seda de mamãe, uma média de café com leite, um disco do Noel e, num gesto desesperado e audaz, mastigou a dentadura de vó Donana.

Mandioca lambeu a boca do Tiradentes quando praticava asa-delta em Ouro Preto e fez xixi no Getúlio Vargas, a estátua da praça da Estação.

Apesar de tudo, Mandioca é um cão especial. Tem medo de barata, de lagartixa, ladrão e escuro. Treme diante de um gato, tem nojo de rato, mas late forte para a própria sombra. Quando dorme, sonha que é um pardal. Voa e pousa num fio de alta-tensão, toma choque, urina na cama e acorda.

Mandioca usa óculos escuros, é antropófago e anticlerical. Devorou o *Quincas Borba* do Machado de Assis e traçou o livro dos Profetas e o Apocalipse. Em consequência, ganhou uma ressaca celestial. É sócio do Dinner's, frequenta o Max Ossu's, tem fascinação por calcanhar de mulher e coxa de galinha.

Esta segunda está indo embora, felizmente

Estou no meu quarto. Sozinho. Abro a segunda gaveta e encontro o Big Ben. Estranho o fato. Big Ben mora na terceira gaveta. Fico intrigado. Pergunto o que ele faz ali. Não responde. Pula para a terceira gaveta com o meu surecão. Diz que precisa voar e que carece de outros ares e nuvens. Fecho a porta e a gaveta. Apago a luz e os olhos.

Quinta-feira

Na hora do jantar, papai estava alegre. Era outro papai. Não falou em política, sindicato ou greve. O passeio com Sara, no Parque Municipal, parece que foi bom para ele. Falou de Diamantina, a sua terra. Quando ele conta os casos de lá, esqueço o mundo. Até o Mandioca presta atenção. Tia Lili não reclama da dor de cabeça e mamãe fica mais bonita.

Papai apagou as luzes da casa. Ninguém falou nada. Papai gosta de representar. Acho que, se não fosse jornalista, seria ator de circo. Levamos um susto quando papai apareceu na sala envolto com um lençol branco e uma vela acesa na mão. Sara pulou pro colo da mamãe. Tia Lili colocou as duas mãos na testa e o Mandioca se enroscou nos meus pés. Eu tremia, é claro.

Papai, com voz cavernosa e cara de assombração, entrou em cena:

A voz que vos fala já não fala. O corpo é espírito, nuvem, luz que perpassa os corpos. Venho do país das sombras, onde luz não há. Meu instrumento é a foice e estou sempre procurando pousada. (Todo mundo de olho arregalado e tremendo. Até mamãe, que devia conhecer esses repentes de papai, sentia medo.) *Aqueles que não acreditam em mim são os que mais sofrem e padecem neste mundo que é passagem. Venho para ceifar vidas e comprar almas. Fechem os olhos.* (Todos nós fechamos depressa os olhos.) *Respirem fundo porque no ar há um doce perfume, uma aragem que entra em todos os sentidos. Estou aqui e aqui permanecerei até que alguém me acompanhe, porque sou o anjo da morte, a própria morte.*

Quando papai falou a última palavra, ele deu uma risada horrorosa e apagou a vela. Tia Lili se benzeu. Sara gritou de aflição. Mandioca latiu forte. Mamãe acendeu a luz. Papai tinha desaparecido.

Estávamos, ainda, com a respiração curta e aparece papai em uma capa preta e de chapéu e, com voz mais cavernosa, começou o segundo ato:

É Quaresma. Os santos da igreja estão vestidos de roxo. A lua é cheia e um vento forte (imita o barulho do vento) *sopra assustando os últimos pastores da noite. Uma voz se eleva. É hora de trancar janelas, fechar portas e olhos. A igreja de São Benedito e Almas se ilumina. Um sino lamuriante e triste acompanha a cantiga de Verônica. O incenso é o aroma da noite. Vozes sem gargantas* (fala sussurrando) *assaltam as trevas. Os mortos se perfilam numa eterna procissão de intermináveis sombras. Não se pode ver a máscara da morte, por isso todos devem olhar para a frente, até os padres que convivem com a extrema-unção. É perigoso espiar pelas gretas, pelos buracos, pelas frestas. Os mortos caminham na paisagem de sombras. Segue o cortejo* (imita alguém de passos medidos numa procissão – nossa respiração continua curta, estamos todos atentos aos movimentos de papai) *marchando fúnebre para o além de tudo. Uma mulher, incrédula aos apelos e avisos, resolve abrir uma janela. Uma alma sai da procissão e entrega à mulher uma vela acesa. A mulher, ao pegar na vela, grita de pavor* (papai gritou, como se fosse a mulher – todos gritamos de pavor): *a vela se transformou num osso.**

Ao ouvir a palavra *osso*, Mandioca riu de satisfação. Enquanto nós, espremidos qual boi no matadouro, refazíamos as forças e a respiração.

Quando todos esperávamos que papai viesse numa roupa macabra, ele apareceu de pijama e, como se nada tivesse acontecido, juntou-se a nós e começou a contar a história do espelho:

Era um rapaz que não conhecia espelho. Conhecia retrato. Certa vez, ao entrar numa venda, deparou com um espelho em cima do balcão. O espelho refletiu o seu rosto. O rapaz ficou muito admirado com a sua imagem refletida e propôs ao dono da venda:

– Moço, o senhor tem aqui o retrato de meu pai e eu nunca soube disso.

– Acho que o senhor está enganado. Isto não é um retrato. Isto é um espelho.

---

* Histórias populares de Diamantina, *de Ronald Claver.*

– Como não é um retrato? Então o senhor acha que eu não sei o que é um retrato? E esse é o retrato de meu pai. Lembro-me bastante dele. É meu pai quando era novo.

– O senhor continua enganado. Isto não é retrato, é espelho.

– Enganado coisa nenhuma! Tanto eu não estou enganado que vou comprar esse retrato de meu pai. Ele não tem serventia pro senhor, ou tem?

– Vender eu vendo. Mas não quero enganar o senhor. Isto é espelho, não é retrato.

O moço acabou comprando o espelho-retrato e o levou para casa. Guardou-o na gaveta da cômoda e toda hora ia ver o retrato do pai. A esposa ficou curiosa:

– O que você tanto olha dentro desta gaveta?

– Não lhe interessa, mulher – foi a resposta do marido.

A curiosidade da esposa aumentou. Ela não tirava os olhos do marido e da gaveta. Esperou, com ansiedade, a chegada da manhã, e quando o marido saiu para o trabalho não perdeu tempo. Foi direto ver o que havia dentro da gaveta. Levou um susto enorme, quase desmaiou. Começou a chorar, e foi buscar consolo da mãe:

– O que foi, minha filha? Não me deixe aflita.

– É desgraça demais. Meu marido está com outra mulher. Está me deixando.

– Por que, minha filha?

– Porque ele achou uma moça muito mais bonita do que eu. Eu mesma vi o retrato.

– Você viu o retrato dela? E onde está o retrato dessa jararaca?

– Lá na gaveta da cômoda. E o meu marido não tira o olho dele.

– Mas não existe moça mais bonita do que você, minha filha.

– Tem sim, mãe. Ela é linda. Bonita de fazer inveja.

A mãe da moça não perdeu tempo. Correu para ver o retrato. E quando abriu a gaveta da cômoda o que se ouviu foi uma grande gargalhada.

– O quê? Você está com ciúme desta bruxa? Ela não passa de uma gereba, de uma assombração, de uma jabiraca. Nunca vi coisa tão feia. Ela pode tirar o cavalinho da chuva. Você é muito, mas é muito mais bonita do que ela. Não tem nem compa-

ração. Você é nova, arejada, viçosa. E ela? Não passa de uma velha horrorosa, feia, desdentada, banguela e caquenta.

Todos riram.

Agora (papai com voz de locutor), *vou anunciar a última atração da noite. Tchan, tchan! Era uma vez uma família que gostava* de *ouvir histórias, mas aí o contador ficou com sono* e *foi dormir.*

Dizendo isso, correu pro quarto e fechou a porta. "Assim não vale", disse Sara. "É hora de dormir", falou mamãe. E em todos os rostos havia calma e paz. Certamente sonharíamos colorido. Eu disse pra mim, bem baixinho, pra ninguém escutar, só o coração: "Obrigado, papai".

Domingo

O campeonato de botão termina sábado. Hoje pego o time do Mosquito. Se vencer, vou para a final. Reco-Reco e Tico-Tico deram alma nova ao meu time. Baú os queria de volta. Negócio é negócio, recusei.

Terça-feira

Meu caro e caríssimo Big Ben,

Acho que pai da gente não devia trabalhar fora. Depois que papai perdeu o emprego, ele passa o dia inteiro em casa, e isso é legal. Tem hora que não. Quando mamãe pede a ele para olhar a casa, ele olha no duro, mas quando mamãe está em casa, ele vira um de nós. Aí ele inventa brincadeiras, conta casos, essas coisas que os pais deveriam fazer sempre. Ele até falou que se o Duda não me levar ao campo, ele leva. Carol continua viajando.

Aquela história de pescaria, de colégio interno parece que esfriou. Eles não tocaram mais no assunto. Mas se papai não arrumar emprego logo, acho que não vai ter outro jeito. Não sei o que quero. Se papai ficar parado em casa, quem sai sou eu. Essa vida é cheia de esquinas e curvas.

Até.

P.S.: Acho que vou escrever para Carol.

Quarta-feira

Fui à casa de d. Benta, Lindaura estava sentada na mesma cadeira. Quando me viu, deu um sorriso bonito. Mostrou todos os dentes branquinhos. Enquanto conversava com d. Benta, ela piscou o olho. Não foi impressão minha. Tenho certeza que a vi piscando o olho. Mas a coisa ficou só nisso.

Quinta-feira

Sonhei com Lindaura. d. Benta não estava em casa. Só ela. "Vim trazer umas costuras", falei. "Deixa na mesa", respondeu.

Quando já ia saindo, falou: "Por que você não fica?". "Tenho que fazer umas compras", menti. "Sei", respondeu. Já estava no portão quando Lindaura ordenou: "Vem aqui, seu bobo". Obedeci. Lindaura já estava dentro da sala, parei na porta, lentamente. "Entra logo, seu bobinho, não vou te comer, não", falou, mostrando os dentes. "Não há ninguém aqui, não tenha medo." Entrei. Não sabia onde pôr as mãos. O coração acelerado. A face em fogo. "Me dê suas mãos." Estendi-as com receio. Ela pegou a minha mão direita e colocou em cima de seu seio esquerdo, e a mão esquerda no seio direito. "Não fique imóvel, passa as mãos nos meus peitos devagarinho", falou. Obedeci sem pestanejar. De início com os movimentos presos, mas rapidamente aprendi a lição e a colocava em prática com toda minha maestria, que ainda não era muita. Apesar da blusa, sentia por inteiro aqueles seios que mais pareciam maçãs no escuro. Lindaura ofegava e a cada movimento meu dizia: "Isto, assim". Não satisfeita, abriu a blusa. Os seios de Lindaura eram róseos como a lua cheia. O coração não cabia no peito. O corpo era um vulcão em ebulição, e o rosto formigava. "Beije", disse Lindaura estufando os peitos. Quando aproximei meus lábios dos seios de Lindaura, acordei. Suava. O pijama era uma sopa só. A cueca molhada e grudenta. De repente acordei de vez. Agradeci a Lindaura e rolei na cama o resto da noite à procura do sonho perdido.

Quando de manhã encontrei Lindaura na padaria, primeiro levei um susto, depois disse "Olá", na maior intimidade. Ela respondeu secamente com um "Oi". Não entendi aquela frieza, já que Lindaura passara toda a noite comigo. Toda a noite.

Hora do almoço

Papai chegou na hora em que mamãe servia o almoço e foi falando: "Estive no sindicato. O negócio tá feio. O governo não quer negociar e não admite que a empresa aceite de volta os grevistas. E nossos patrões não querem enfrentar a máquina governamental, preferem as demissões". Mamãe só ouvia. Tia Lili deu um chilique e tomou aspirina. Pensei comigo: "Vai sobrar para mim".

De noite

Procurei o caderno onde mora Big Ben. O caderno estava em branco e com um aviso dele: "Saí com o surecão, preciso respirar outros ares".

Sexta-feira

Carol chegou de São Paulo. Mas viaja de novo. Paulinho me contou durante a semifinal do campeonato de botão. O time do Mosquito endureceu. E quase ganha. Só fui empatar no final e assim mesmo com um gol contra do beque dele. Falafino chutou da intermediária, a bola bateu no beque e enganou o goleiro. Acho que Big Ben não deveria ter tirado o Xique-Xique. Big Ben alegou que o nosso artilheiro estava ficando mascarado e era preciso um puxão de orelha. Mas o tiro saiu pela culatra e quem tomou um puxão de orelha foi o nosso time. Quando partimos para a disputa de pênaltis, insisti com o Big Ben para que colocasse o Xique-Xique; Big Ben fez birra e o deixou de fora. Sorte nossa que Mosquito não sabe bater pênalti e aí deu para ganhar. Amanhã é a grande final. O time do Ronaldão vem completo e todo cuidado é pouco.

Sexta-feira ainda

Às vezes me pergunto o que é viver. Será que é estudar, estudar, estudar, se formar, fazer greve e ser despedido? Será que é gostar de Carol e sonhar com Lindaura? Será que é se queixar a vida inteira de dor de cabeça? Será que é abanar o rabo e se esconder nos cantos da casa? Será que viver é pegar carona num surecão e conhecer outros ares, como fez Big Ben?

Sexta-feira à noite

Papai, na hora da janta, já era outro homem. Tinha novos planos, e a vida, outras cores. Ele e Fagundes vão criar uma revista. Perguntei a papai se poderia escrever em sua revista. Papai passou a mão em minha cabeça e exultou: "Claro, já tenho até uma seção para você – 'A turma somos nós'". Estranhei o título, parecia coisa do Big Ben. Aliás, eles se parecem muito. Sara interrompeu o papo dizendo que quando crescer vai ser aeromoça durante cinco anos, depois cantora. E quando ficar rica vai alugar um foguete e vai pra lua. E eu fui dormir pensando na glória que é escrever numa revista.

Sábado

Big Ben não voltou. Sem Big Ben o meu time entra de muleta.

●

Mandioca passou carregando um cartaz: "Abaixo tia Lili". Depois voltou com outro cartaz: "Dê uma vassoura para tia Lili". Depois passou correndo, rabo entre as pernas e orelhas baixas e a ameaça: "Se te pego, vira sabão" – era tia Lili de posse de um chicote. Mandioca, que já não gostava de banho, tomou horror à palavra *sabão*.

●

Mamãe, de rolinhos na cabeça, cantava, enquanto lavava roupa.

●

Papai telefonava para o Fagundes e a pergunta era uma só: "E o nome da revista, Fagundes?".

●

Duda, de fitas, gravador e partituras, saiu sorrateiro para o ensaio do conjunto, com medo de ter que levar Sara.

•

Sara diz que depois que voltar da lua vai abrir um asilo pros cantores velhos e uma escola para os cantores novos.

•

Papai no telefone: "Fagundes, já tenho um nome: *A Revista dos Mineiros*. Gostou?". "Muito provinciano", respondeu Fagundes. "Que tal *Pra quê?*", sugeriu papai. "Pra que, o que, Caldas?" "*Pra quê* é o nome da revista." "Horrível, chega de *Afinal, IstoÉ, Veja* e agora *Pra quê*! Aliás, Caldas..." "Gostei, Fagundes, de sua sugestão!" "Que sugestão, Caldas?" "*Aliás*; ô Fagundes, você sugeriu esse nome agora mesmo." "Não sugeri nada, estava apenas começando uma frase, estava dizendo 'aliás, Caldas'... e você interrompeu a frase." "Gostei do nome, Fagundes, meu voto é para *Aliás*." "Voto contra", respondeu Fagundes. "Carlinhos é quem vai decidir, topa?" "Não tem outro jeito, pergunte a ele, mas quero ouvi-lo perguntando, tá?" "Tá legal, fique na escuta", respondeu papai. "Carlinhos, ô Carlinhos", papai me chamando. "O que, pai?", respondo. "Você acha que *Aliás* é um bom nome para nossa revista?" Gostei do *nossa* e perguntei: "O que é *aliás*?" "*Aliás* é 'aliás' e sendo 'aliás' será nome de *nossa* revista", respondeu papai. Fiz charme: "Aliás, veja bem, papai. Isto é, afinal *Aliás* é tão imbecil quanto o nome das outras revistas, sendo assim uma idiotice a mais ou a menos tanto faz. Já vejo *Aliás* nas bancas", respondi. "Escutou, Fagundes, é *Aliás* na cabeça", falou papai. "Ele tem razão", falou Fagundes. E continuou: "Aliás, a idiotice domina a imprensa nacional. E o que significa *aliás*, Caldas?" "*Aliás* é uma partícula explicativa, Fagundes." "Acho bom você olhar no dicionário, Caldas." "Vou olhar, Fagundes", e desligou o telefone.

•

Quero ser um jornalista bonito, íntegro, capaz. Serei independente e com ideias próprias e inteligentes. Serei amigo do chefe da redação e amicíssimo do dono do jornal. Cultivarei um pouquinho de safadeza e algumas malandragens. Terei, sem dúvida, sucesso.

Sábado

Na casa do Paulinho

Ronaldão chegou primeiro. Ficou treinando seus botões e conhecendo o alpendre da casa do Paulinho, o palco da grande final. Trouxe o time completo e cantava de galo. Lá estavam Geni, Mosca, Raposo, Cascão, Cata-Piolho, Dilúvio, Formigão, Pôncio Pilatos, Maria Clara, Lobisomem. Santo Cristo, no conserto, não veio. Serelepe pegou em seu lugar. Esperei por Big Ben. Ele não apareceu. Deixei na gaveta um bilhete: "Quem perde o último jogo, perde tudo". Reuni a turma e falei como técnico machão. "Faço minhas as palavras de Olivera, um becão que jogou no Atlético: 'Quem sabe jogar, joga. Quem não sabe, luta'." E parti com confiança para o local do *derby*.

O alpendre estava cheio. Os meninos queriam ver aquele jogo. Apostas corriam. Apostavam de tudo: figurinha carimbada, bola de meia, manivela, papagaio, coleção de tampinha, até ingresso de cinema entrou na jogada. Quando armava meu time em campo, apareceu Carol. Tremi. Mudei de cor. "Oi", falou Carol. "Oi", respondi. "Há quanto tempo", falou Carol. "Pois é", respondi. "Estive em São Paulo", falou Carol. "Sei", respondi. "E aí?", falou Carol. "É isso aí", respondi. "Vai lá em casa na quarta, tá?", falou Carol. "Tá", respondi sem corresponder à importância do convite.

A presença de Carol me desnorteou e sem Big Ben temi pela sorte. "Quem sabe jogar, joga, quem não sabe, luta", falei de novo a frase do Olivera para animar a turma e a mim também. Entrei com Xique-Xique no comando do ataque, recuei Reco-Reco para o meio do campo, tirando o Xarope. Ao Paulinho, como dono da casa, coube a arbitragem. E o jogo começou. Com todos nos olhando e o olho de Carol me queimando. Zero a zero no primeiro tempo. Ninguém arriscando nada. Esperando o jogo do outro. "Agora é tudo ou nada", gritei no vestiário. "Depende de vocês a glória de campeão." E fomos para o segundo tempo como quem se equilibra numa corda bamba. Aos cinco minutos já perdíamos de 2 a 0. Nada dava certo, Xique-Xique se partiu ao meio numa trombada com Dilúvio. "Estamos perdidos", pensei. Olhei para Carol e vi que ela também sentia a derrota; me animei. E comecei a gritar, espernear, xingar e o time tomou vergonha na cara e foi para cima do adversário, mas o gol não saía; melhor, os gols. E aproveitando nosso desespero, Pôncio Pilatos mandou uma bola na trave.

Já estava acostumando com a derrota quando olho para o céu e vejo Big Ben montado no surecão fazendo sinal para mim. Tomei um gole de entusiasmo e a minha energia contaminou a todos. Xarope, que entrou no lugar de Xique-Xique, fez o primeiro. Big Ben deu a seguinte instrução para o Tico-Tico: "Simula uma falta". O juiz foi na conversa e Falafino não desperdiçou. Jogo empatado e tempo terminado. Ronaldão não quis decidir o campeonato nos pênaltis. Quis que o jogo fosse decidido na sorte, na cara ou coroa. Big Ben não concordou. Além do troféu, havia um engradado de refrigerante. Falei pra todo mundo ouvir: "A gente divide os guaranás, a taça fica pro ano que vem". Protesto, disse que disse, assobios. Alguém falou no meio do tumulto: "Vamos dar a taça para a garota mais bonita". "Só se for para Carol", respondi. "Tá legal", concordou Paulinho, primo dela e dono da casa.

E entre vaias, assobios, Ronaldão e eu entregamos à rainha do campeonato o nosso troféu. Carol nos beija no rosto e ao tomar banho, à noite, não lavei o rosto.

Na cama

Enrolado nas cobertas, matutava: "O tempo é um relógio sem ponteiros. O tempo não passa, nós é que passamos. Hoje é sábado, mas poderia ser sexta-feira que não faria a menor diferença". Me perguntei por que perdia tempo com o tempo, se melhor era dormir. Sonhar. E quem sabe receber visita de Lindaura, talvez de Carol?

E fui levando essa ideia adiante e, entre brumas e nuvens, entrei no tempo do faz de conta, até que um galo, que não sabia que eu queria só acordar na quarta-feira, me despertou e era domingo.

Domingo

Fagundes acordando papai antes das sete. Mamãe resmungando: "Nem no domingo me deixam dormir". Fagundes entusiasmado com a nossa revista, que promete sacudir o mercado editorial brasileiro. Mamãe preocupada com a futura dívida e reclamando do sono. Eu me preparando para a festa de Carol. Esse domingo não tem chuva, também não tem nada.

Domingo

Com essa história de revista, me esqueceram. Não se fala mais em colégio interno. Então viva *Aliás*, que, além de salvar o país, pode me salvar.

Domingo

Papai diz que a linguagem jornalística deve ser clara, precisa, transparente, para não corrermos o risco de fazer literatura. Sei não. E como a minha coluna não diz nada, só diz "A turma somos nós", estou escrevendo uma série de artigos sobre a turma dos animais. Aliás, todos somos animais. Inclusive o Mandioca que late e não sabe latim. Eis o meu primeiro artigo:

Segundo o dicionário, a palavra animal *vem de* animale. *E* animale *é tudo que respira, tudo que é animado. Tia Lili não deve ser animal, porque ela vive com dor de cabeça e sempre desanimada. Animal também é aquele que tem alma, mas a professora diz que animal tem é rabo, patas, pelo e até chifre. Há animal e animais. Quando estão sozinhos são animal; quando em grupo, animais. Animal não sabe que é animal. Só o homem sabe que animal é animal. Para o animal isso não faz a menor diferença. Como em toda sociedade, há animais privilegiados e animais desfavorecidos. Urubu é um animal privilegiado. Voa bonito e não vai para a panela. Já o boi é grandão, bonitão, tem vozeirão, mas vai para o panelão. Sendo assim, podemos classificar os animais em duas espécies: os que vão e os que não vão. É melhor ficar atento para o dito popular que diz: "Mais vale ser vaca de presépio do que peru em véspera de Natal". No próximo número, vamos falar do Homem.*

Estou com furor jornalístico. Não aguento esperar o próximo número. O artigo sobre o Homem já está pronto:

As mulheres são homens. Pode parecer estranho, mas é verdade verdadeira. Provo. Se diz: "Os homens pertencem à terra, como as minhocas e os tatus". Aí alguém pergunta: "E as mulheres não pertencem à terra como as formigas e as mandiocas?". Aí o cara responde: "Quando digo os 'homens pertencem à terra como os cupins e os gengibres', estou me referindo também às mulheres". Donde se conclui que a mulher é homem e vice-versa. Embora a mulher tenha alguns ingredientes a mais e outros a menos. Mas na soma, o resultado é sempre igual.

À noite

Com a cabeça no Godofredo e olhos fechados, me preparava para entrar no país do algodão, quando Duda chegou acendendo a luz do quarto e falando alto só para me acordar: "Não vai ter mais jogo de Atlético nem de Botafogo. Não vai ter jogo nenhum. Droga de cidade e de chuva". Chutou a minha terceira gaveta e ouvi o gemido do Big Ben. "Pare com isso", gritei. "Não vai ter mais nada", respondeu Duda, e continuou: "Nada. O jogo foi cancelado definitivamente". "Pena", respondi, e pedi que ele apagasse a luz e fingi que dormi. No escuro do quarto e bem no fundo do escuro de meus olhos o jogo do século, reunindo as equipes do Atlético Mineiro e do Botafogo de Futebol e Regatas, começava.

Os esquadrões entraram juntos. Fogos de artifício se misturavam com as estrelas. Pareciam balões de São João. Os repórteres corriam atrás dos jogadores. O Botafogo, por ser visitante, veio de camisa preta e branca e o Atlético, de camisa branca. Tocaram até o

Hino Nacional. "É o jogo do século", repetiam os radialistas. O Atlético veio com a sua formação máxima. E o time da estrela solitária era uma via láctea de tantos craques e brilhos.

De um lado, os malabaristas do Atlético encarnando a raça do galo carijó: Ubaldo, Carlyle, Guará, Haroldo Lopes, Zé do Monte. Do outro os *globe-trotters* do Botafogo: Garrincha, Didi, Amarildo, Newton Santos.

Duda dorme a sono solto, ronca, vira para um lado, vira para outro; consequentemente, perderá o jogo.

E o jogo começa. Heleno de Freitas, o grande Heleno, toca com requinte e delicadeza a bola para Didi. Este devolve para Gerson, que faz um passe de cem metros para Amarildo. Mas antes de a bola chegar ao seu destino aparece, como um cisne, o elegante Ramos, que ao dominar a bola no peito já vislumbra na direita o Perigo Louro, o Guará.

É um jogo de xadrez. De cálculo, de manhas e artimanhas. De magia e malícia. E a bola rola, rebola, vai, volta, é lua cheia num

varal de estrelas. E a bola rola, nega, negaceia, e entre dribles e firulas o espetáculo continua. Garrincha é o palhaço e faz a plateia esquecer as agruras da vida. Faz fita, finta até a geometria de nossos olhos. E a bola passeia feliz por aqueles pés. Voa e se aloja nos braços de Manga e Kafunga. Agradecida e terna, escolhe os pés de Didi para descrever no ar a coreografia de uma folha seca, e dos pés de Nívio conhece a velocidade do som.

As torcidas extasiadas e silenciosas não querem perder nenhum movimento daquele balé, os olhos têm as dimensões da bola e a bola tem as dimensões da arte.

É jogo de nunca acabar, de ficar parado no tempo, de durar a duração da vida, a duração do sonho. E para que o jogo não acabasse, resolvi investir na tecnologia moderna e magicamente apertei um botão. O jogo passou a ser jogado em câmara lenta, para alegria de todos.

Em câmara lenta, o jogo tornou-se mais gostoso, fabuloso. Os passes de Gerson, os dribles de Garrincha, os chutes de Nívio, as defesas de Manga, as investidas de Haroldo Lopes, a elegância de Heleno, a pose de Carlyle, o estilo de Newton. E a bola, agradecida e terna, voava e revoava naquele país de fundo verde.

Apesar dos gênios e dos mágicos, o resultado não mudava. Foi quando Garrincha, desprezando a lógica da vida e as regras do jogo, fez que ia pela direita e foi. Ameaçou ir para a linha de fundo e foi. Resolveu cruzar e cruzou. E a bola, como garça, fez uma parábola e escolheu a cabeça de Heleno de Freitas, sempre penteado à Rodolfo Valentino, que se prepara para decretar a sentença final. Nesse momento aparece não o Kafunga com suas mãos de gigante, não a raça de Afonso, não a maestria de Murilo, nem a elegância de Ramos ou a categoria de Carlyle. Aparece como um fogo celeste, a mão pequena e frágil de Sara roubando minhas cobertas e me tirando de campo e da cama.

Segunda-feira

Notícia do *Diário Popular*:

Por falta de data e excesso de chuva, o jogo do século, reunindo o Galo Carijó e o time da Estrela Solitária, foi cancelado definitivamente.

Obs.: Esses jornais continuam desinformados.

Segunda-feira é fogo

Meu caro e caríssimo Big Ben,

O jogo Atlético × Botafogo, apesar de dizerem que foi cancelado, adiado, foi sensacional. Jogo de arrepiar a alma, de mexer no coração.

A propósito: quando sai o número três do *Jornal do Outro*?

Um abraço.

Carlinhos, o vidente

Segunda antes do almoço

Pai no telefone: "Fagundes, precisamos fechar a revista". "A gráfica quer adiantamento, não trabalha sem um adiantamento". "A nossa revista é nacional, fale com eles que pagamos tudo depois." "Não querem saber de nada, só querem o adiantamento." "O empréstimo vai sair logo, o gerente do banco me garantiu". "Sem o adiantamento não rodam a revista." "Mas o lançamento da revista já está marcado, já contratamos até o coquetel." "Não se interessam por nada, querem só o adiantamento. Fiz de tudo para convencê-los e não adiantou." "Vou pessoalmente conversar com eles." "Boa sorte." "Amém." Pai desligou o telefone.

À tardinha

Recado de Big Ben: "Cuidado com Duda. Ele anda xeretando suas gavetas. Outro dia tive que inventar um desenho subterrâneo, para me esconder dele".

Outro recado de Big Ben: "O Mandioca também anda farejando suas gavetas. Outro dia quase me confundiu com um osso, e se eu não viro um sabão, ele me engolia. Além do mais, fez xixi no meu desenho sobre a Atlântida".

Mais um recado: "Para o *Jornal do Outro* sair, preciso de sua colaboração. Não posso fazer tudo sozinho, não tenho tempo para transar a Coluna do Outro, me dê uma mãozinha".

Último recado do Big Ben: "Estou apaixonado. Arrumei uma gatinha de dar inveja ao Tom. Sou um gatão e tenho unhas afiadas. Uau, miau!". Recado geral: "Cuidado! O perigo mora nas gavetas. E ele se chama Alice".

Pai e mãe no jantar:

– Semana que vem teremos *Aliás* em todo o país – falou papai, orgulhoso.

– E onde arrumaram o dinheiro para o adiantamento? – perguntou mamãe.

– Fui lá na gráfica e resolvi tudo.

– Saiu o empréstimo bancário?

– Não vou mais precisar do banco.

– Olha o que você está fazendo.

– Não tem perigo, a revista vai ser um sucesso.

– Com esse pessoal que você arrumou para escrever, tenho minhas dúvidas.

– São todos profissionais. Gente de qualidade. Do primeiro time do jornalismo brasileiro.

– Sei não. Não confio muito nesse pessoal.

– Vai dar tudo certo.

– Mas você ainda não me disse como arrumou o dinheiro.

– Assinei uns papéis.

– E o Fagundes também assinou?

– Fagundes não tem onde cair morto.

– E você tem?

– Pelo menos temos esta casa, os filhos. Você trabalha, o Duda também.

– Caldas, você não fez nenhuma besteira, não é?

– Não se preocupe, mulher. Com o primeiro número da revista pago minhas dívidas e me arrumo de vez.

– Caldas, Caldas, olhe a embrulhada em que você está se metendo.

– Fique tranquila, mulher, a revista vai ser um sucesso.

– Você não empenhou minhas joias nem colocou esta casa no negócio...

– As joias, não. A casa entrou como garantia de pagamento.

– Isso não! – respondeu a mamãe. – Isso não! Não e não, Caldas!

Mamãe ficou nervosa. Olhei para Duda e para Sara. Tia Lili correu à cozinha, não para buscar água para mamãe, mas para tomar aspirina. Vó Donana continuou tecendo como se nada acontecesse. Mandioca esgueirou-se pelas paredes até ganhar o quintal. Agora minha vida dependia essencialmente do sucesso de *Aliás*. Aliás, a minha vida, que sempre correu perigo, agora não corre, se equilibra numa corda bem bamba.

Terça-feira

Em meu quarto, enquanto arquitetava planos para a festa de Carol, Big Ben praticava nado livre. "Quero dar para Carol uma flor", falei. Big desmanchou o desenho da piscina, enxugou o corpo e desenhou uma rosa e em cima do desenho colocou o sinal de trânsito que indica proibição . E em seguida me desenhou com cara de palhaço . "Você tem razão", falei. "Se eu chegar com uma florzinha, vão me chamar de mulherzinha, palhaço, idiota, babaca."

Big Ben desenhou um anel . "Não tenho dinheiro", retruquei. Big Ben fez sinal para que eu esperasse e entrou na primeira gaveta. Voltou de lá trazendo a sua coleção do Asterix. Abanei a cabeça negativamente. Menina geralmente não gosta de quadrinhos. Big Ben desenhou um casal de mãos dadas e a frase: "Amar é querer dar um presente e não saber como". Essa ideia do Big Ben me trouxe outra. Pensei alto: "Por que não escrevo para Carol, qualquer coisa? Coloco os escritos num envelope e quando ela estiver sozinha, sem ninguém por perto, entrego meu presente".

Big Ben não só concordou, como se propôs a ilustrar minhas palavras. E me pus a campo, na tarefa de executar o pretendido. E quando estava em pleno jogo das palavras, com a imagem de Carol viva nos olhos, toca a campainha. Vou atender. É Lindaura.

– Vim trazer as encomendas – falou.

– Entre.

– Não carece.

– Por favor.

Lindaura entrou ressabiada. Como animal acuado. Reparou em todo o ambiente.

– Sente-se.

– Não carece – respondeu. E sentou-se. Cruzou as pernas, mostrando os joelhos e começo de coxas. – Cadê sua mãe? – perguntou.

– Foi trabalhar – respondi.

– E o pai?

– Também.

– Sozinho?

– Vó Donana, tia Lili, Sara, Mandioca e Big Ben.

– Quanta gente.

– Vó Donana e tia Lili não saem do quarto. Sara deve estar no vizinho.

– E Mandioca? É isso mesmo, Mandioca?

– É o cachorro.

– Cachorro?

– É. Mandioca é um cachorro. Ele late, morde.

– Engraçado.

– O Mandioca?

– Não, você.

– Eu?

– Você mesmo. Aposto que foi você quem pôs o nome no pobrezinho.

– Acertou.

– Quem põe nome no cachorro de Mandioca é engraçado.

– Não tem graça nenhuma.

– E o Big Ben deve ser um gato, não é?

– Errou. Big Ben é Big Ben e pronto.

– Não precisa ficar bravo; não pergunto mais.

– Não estou bravo.

– Há um bilhete para a sua mãe no meio das costuras – falou Lindaura, levantando-se.

– Não vá. Fique mais um pouco.

– Tenho outras encomendas para entregar.

– Quer água? Deve ter um suco na geladeira. Tome qualquer coisa, faz calor.

– Está bem. Bebo qualquer coisa.

Lindaura

Fui à cozinha. No percurso ruminei planos. Fiquei excitado. Pensei: "Dou-lhe um beijo e o resto acontece". E se ela recusar? Gritar? Espernear? O coração fora do compasso. Boca seca. Bebi um copo d'água. Bebi dois copos d'água. Suco não havia. Na volta, o corpo tremia. Quase derramo água na casa toda. Lindaura notou meu desacerto e me desconsertou mais ainda.

– Está passando mal?

– Não, não é nada – gaguejei.

– Acho que está com alguma coisa e não quer me contar.

– Nada, nada – respondi.

Não tenho nada, sou assim mesmo, continuei falando que era assim mesmo. E num repente, passei rapidamente as mãos em seus cabelos crespos. Lindaura pegou as minhas mãos e olhando-me nos olhos disse: "Isso se faz é assim". E conduziu minhas mãos sobre seu rosto e lentamente, muito lentamente minhas mãos pousaram sobre as montanhas de seu peito. Enquanto minhas mãos passeavam sobre seus seios, disse-me: "beija-me", e fechou os olhos, deixando a boca entreaberta. E quando língua tocou língua abri os olhos e vi, em Lindaura, Carol.

O mundo desabou. Recuei. Lindaura abriu a porta e ao sair ainda disse: "Seu bobinho, podia ser melhor".

Na cama

Cabeça a mil. Sono longe. Corpo rolando. Cama pequena para tamanho corpo e pensamento. Perguntas, perguntas, perguntas. De repente uma pedra brilhando no chão da mente e uma frase estampada na memória: "Isto acontece com todo mundo, deixe de bobagem. Viver é experimentar. O mundo tem dois mil anos de experiência". Fiquei calmo. Tranquilo até. Só lamentava não ter sido com Carol. E será que Carol é capaz de fazer o que Lindaura faz? Toda mulher faz essas coisas? E mamãe já fez? E Sara fará? E as outras bandalheiras?

Quarta de manhã

Paulinho ao telefone:

– Vai à festa da Carol?

– Vou – respondi.

– Legal – respondeu ele.

Mosquito ao telefone:

– Vai à festa da Carol?

– Vou.

– Legal – respondi.

Zorelha ao telefone:

– Vai à festa?

– Vou.

– Legal.

Ronaldão ao telefone:

– Vai à festa?

– Vou.

– Legal.

Voltei ao quarto. Na parede, um cartaz enorme: "Também vou", assinado "Big Ben".

Pensamento idiota

**O melhor da festa não é esperar por ela.
O melhor da festa é não ir a festa alguma.
Aí tudo vira imaginação.**

Hora do banho

A tarde fazia birra no relógio. Não passava. Ando no meu quarto quilômetros e a tarde avança no tempo um nada de milímetro. Entro no banho. Água morna. Faz calor. O sabão, as mãos, olhos fechados, Carol no corpo de Lindaura. Lindaura com cara de Carol. A água morna lava meus pensamentos e pecados. Seja o que Deus quiser. Na hora tudo se resolve. Apelo para o destino; por enquanto existe a água, o corpo ensaboado e a imaginação. Não me detenho. Me possuo. O pecado não toma banho.

Após o banho

De calça nova, camisa engomada, sapato apertado, creme no cabelo, olho-me no espelho. Não me reconheço. Não sou eu. Sou seguramente outro.

Após o espelho

Rabisco o papel. As palavras brigam comigo. Carol que me perdoe. Não haverá poesia. Haverá flor, apesar da turma. Roubo uma rosa na casa do Mosquito. E dou para Carol. Dizem que flor roubada vale mais. Vamos ao roubo. Uma rosa é uma rosa e Carol ainda é flor em botão. Um dia ela vai desabrochar em meu coração. Epa, acho que fiz um verso.

A festa

Sou o primeiro a chegar. De flor em punho encontro Carol saindo do banho.

– Oh, você veio – diz Carol.

– Vim – respondi.

– Que bom que você veio.

– É, eu vim. (Ainda com a rosa na mão.)

– Vou me aprontar. Fique à vontade.

– Para você – estendo a rosa.

– Não precisava se preocupar – cheira a rosa. – É perfumada. Gostei.

– Também gostei.

– De quê?

– Da rosa. Isto é, de você, quer dizer, do perfume da rosa.

– Ahn, sei – e saiu casa adentro.

Fiquei no meio da sala, sem saber o que fazer.

– Você é o Zorelha? – me perguntou um senhor muito parecido com Carol.

– Zorelha é outro. Sou Carlinhos.

– Carolina já me falou de você. É o filho do Caldas, o jornalista.

– Isto mesmo. Sou filho do Caldas.

– Prazer – estendeu a mão.

– Prazer – respondi.

– Fique à vontade – e sumiu na primeira porta à esquerda.

Quando me dirigia para a porta do alpendre, apareceu uma velhinha.

– Quem é você?

– Eu? – apontei para mim.

– Só tem você aqui.

– É mesmo! – tentei despistar.

– É amiguinho da Carolina?

– Sou amiguinho da Carolina – respondi.

– Amiguinho ou amigão? – insistiu a velha.

– Bem, sou amiguinho e amigão. Na verdade...

– Na verdade, o quê? – a velhinha cortou.

– Na verdade somos colegas de escola.

– Colegas de escola... Interessante, né?

– Muito interessante – respondi.

– Ih, esqueci o doce no fogo – e saiu cozinha adentro.

Quando já estava na porta da sala, indo para o alpendre, encontro-me com uma senhora, por sinal, bonita.

– Entre.

– Já entrei – respondi.

– Já entrou? – estranhou.

– É que eu estava lá dentro.

– Lá dentro? – estranhou.

– Isto é, estava na sala. No centro da sala e já ia para o alpendre quando a senhora chegou.

– Senhora não, você.

– Está bem, já ia saindo quando você chegou e me convidou para entrar, embora já tivesse entrado, entende?

– Claro, claro que eu entendo. É amiguinho da Carolina?

– Somos colegas de escola.

– Tudo mesma coisa. Colega e amigo são uma coisa só.

– Quero ser mais que isso.

– E o que é ser mais que isso?

– A senhora, digo, você – me confundi todo – entende? Amizade só não basta, entende?

– Não, não entendo – e pela cara não queria entender.

– Deixa eu explicar. Carol...

– Carolina – corrigiu.

– Carolina é nossa colega.

– Nossa?

– Minha e de todo mundo. Melhor, de toda a sala. E gostamos muito de Carol, isto é, gostamos muito de Carolina e ela também parece que gosta da gente. E quem gosta de quem gosta acaba virando mais que amizade, entende?

– Acaba virando amor, não é?

– Bem, a senhora, digo, você que está dizendo.

– São muito novos.

– Já tenho idade.

– Não passa de um pirralho – e saiu rindo sala adentro e eu, com cara de pateta e de pirralho, coloquei a mão no bolso e me resignei à espera de outra sabatina.

●

Apareceu o Paulinho. Depois o Zorelha. Depois de depois o

Ronaldão. Estava salvo. Ninguém me viu dando uma flor para Carol. Embora o Mosquito, que chegou mais tarde, dissesse que um sacana tinha roubado a rosa que ele prometera para Carol.

●

Paulinho, como era da casa, foi à cozinha e voltou com uma garrafa.

– Trouxe para nós. É batida de limão. Está uma delícia – e serviu uma dose para cada um.

– Parece limonada – falei.

– Parece, mas não é – respondeu o Paulinho e, dando de entendido, recomendou: – Vamos com calma, batida de limão derruba qualquer um.

– Pode encher meu copo. Sei beber – falei orgulhoso e continuei a minha presepada –, isto para mim continua sendo limonada.

– Quem avisa amigo é – respondeu com sabedoria Paulinho, enchendo o meu copo.

Bebi de uma vez, como se fosse limonada. Raspei a garganta e ainda gozei o Paulinho:

– Da próxima vez vê se traz algo mais forte.

Carol apareceu toda de branco. Todos deram os parabéns e abraços. Quando chegou a minha vez, ela brincou:

– Não vale repetir, você já me deu os parabéns e me deu até uma rosa.

Carol não tinha nada que falar aquilo no meio da turma.

– Então já sei quem roubou a rosa do jardim lá de casa – falou Mosquito.

Fiquei branco. Carol sentiu o ar pesado e tentou me livrar da situação.

– Que é isso, Mosquito, estava só brincando. Você acha que o Carlinhos faz uma coisa dessa? Roubar uma flor e me dar de presente, quem dera.

Percebi a importância de meu presente e fiquei feliz.

– Sei não, sei não – respondeu o Mosquito. Para quebrar o gelo, Zorelha interveio:

– Vestido bonito, Carol. Quem fez?

– Dona Benta.

– Dona Benta é mãe de Lindaura, não é? – entrei na conversa.

– Como é que você sabe? – notei uma ponta de ciúme em Carol e como sempre mudei de cor.

– Ela também faz costura para minha mãe.

– Ahn, espertinho – falou rindo Carol e nos deixou à vontade.

•

– Olá, Zorelha – falou o homem parecido com Carol.

– Sou o Carlinhos. Zorelha é aquele ali – apontei o Zorelha.

– Ah, você é o filho do Caldas, o jornalista.

– Sou filho do Caldas – respondi com constrangimento, já que todos tinham a atenção voltada para mim.

– Então vamos beber – disse o homem. Foi à cozinha e trouxe cervejas. Encheu nossos copos, ergueu o copo e fez um brinde à Carolina. Brindamos. A cerveja me pareceu amarga, mas também desceu de uma vez.

– Mais um copo e estamos conversados – e encheu nossos copos e propôs novamente um brinde à Carolina.

– Viva Carolina!

– Viva! – respondemos em coro e viramos o copo goela abaixo. A cerveja dessa vez pareceu-me menos amarga.

– Fiquem à vontade – e sumiu porta afora.

Reflexão

As pessoas de casa de Carol têm algo em comum. Conversam rapidamente, somem na primeira oportunidade e nos pedem para ficar à vontade.

Vou ao banheiro. Minha perna cresceu ou diminuiu? Um sorriso fica em minha boca. As pessoas se multiplicam. Fecho um olho, as pessoas se reduzem. O banheiro fica do outro lado do mundo. E com essas pernas que crescem e diminuem vou acabar fazendo xixi nas calças. Consigo atravessar a sala, melhor, o oceano Atlântico. Falta contornar o cabo das Tormentas. O banheiro fica na Índia. Endireito o corpo, estufo o peito. O sorriso estampado na cara. Firmo o passo. Ando um metro. As paredes se alargam e o banheiro fica na lua. Ando, como astronauta, movimentos largos e demorados. Estou perdido na lua e a nave-mãe me abandonou. Fecho e abro os olhos muitas vezes. Me belisco. Estou vivo, e o mundo roda. Espero que o banheiro chegue até mim. Tento abrir a porta do banheiro e abro a porta da despensa, uma embalagem de ovos despenca em minha cabeça. Carol aparece. Traz toalha e me puxa pelas mãos. Finalmente o banheiro. Carol tira as claras e gemas de meu cabelo. Diz: "Lave a cabeça na pia". Quando abaixo a cabeça o mundo roda de novo. A água fria me dá um alívio. Levanto o rosto e vejo duas Carol e falo, engasgado, mas falo: "Duas Carol é muito para o meu coração". "Agora não é hora para isso, vá se lavar", ordena Carol. "Oh Carol, não faz isso comigo, não. Você sabe que eu..." "Que eu o quê?", pergunta Carol, já perdendo a paciência. "Que eu, que eu...", e fui me aproximando de Carol e, quando já estava bem próximo, não vi o degrau do banheiro e pisei em falso. Foi como se eu estivesse apagando, ou pulando do oitavo andar. Desabei ali, sem terminar a frase e a festa.

Acordo no meio da noite. O quarto gira. A cama gira. As paredes recuam. A cama fica de cabeça para baixo, e o Godofredo some. Estou perdido. "Onde estou?", pergunto. Aos poucos vou reconhecendo o meu quarto. E a festa? Como cheguei aqui? Duda ronca. Agora tenho certeza de que estou salvo. Na boca, um gosto amargo me lembra a bebida. O estômago, em fogo, ferve. Lembro-me da cerveja. Apesar do ronco do Duda, o quarto é um navio à deriva. Perdido. Sem leme ou marinheiro. Navego para o país dos afogados e náufragos. Mal-estar. O mar enjoa mesmo. O vômito vem à tona. Corro para o convés e chego a tempo no banheiro. Lanço âncoras e me afogo na minha própria náusea. Sou um vulcão vomitando as próprias entranhas. A festa acabou. E o sono não vem. O mundo e o quarto giram. Amanhã a vida continua. Será?

Quinta-feira

Água. Sal de fruta. Sonrisal. Água. Banho quente. Bicarbonato. Água. Engov. Água. Sopa. Água, água, água. Glub, glub, glub. Cama. Um bom descanso e sumiço.

Após a festa

(Últimas notícias)

1. Fiquei sabendo de coisas que fiz na festa. Mas como fiz, se não me lembro de nada?
   Disseram que além de ameaçar fazer um *strip-tease*, beijei Carol e ela não recusou. Será? Aleluia.
2. Mãe recebeu carta de Irmã Sol. Leu-a. Coçou o queixo. Quando mãe coça o queixo, alguma coisa acontece. Olhou para o teto e pensou alto: "O destino assim quer, assim seja, amém".
3. Tia Lili não tomou aspirina, e a dor passou.
4. Duda não roncou esta noite: não dormiu em casa.
5. Mandioca anda de amores com a vizinha. Isto é, com a cadela da vizinha. Breve, muito breve, teremos um mandiocal.
6. Sara é tão pequenina e delicada que papai guardou-a no guarda-roupa pensando ser uma boneca.
7. Vó Donana anda tão descuidada que teceu com extrema fineza e carinho a Linha do Equador.

Novíssima notícia

Recebo, via Paulinho, uma cartinha. Quando vi no envelope a letra de Carol, fiquei doido. Fui com avidez ao pote, digo, às palavras.

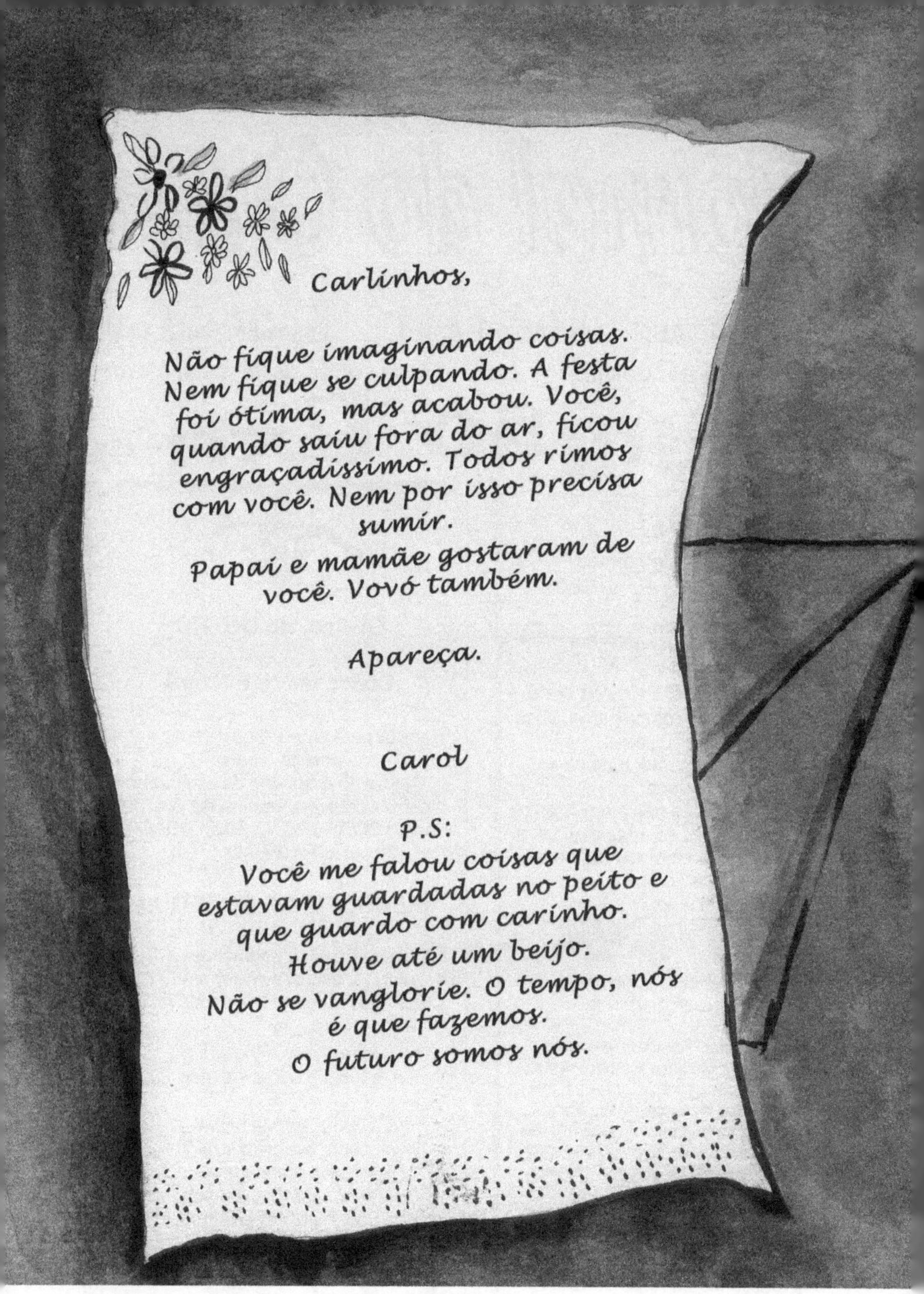

Carlinhos,

Não fique imaginando coisas. Nem fique se culpando. A festa foi ótima, mas acabou. Você, quando saiu fora do ar, ficou engraçadíssimo. Todos rimos com você. Nem por isso precisa sumir.

Papai e mamãe gostaram de você. Vovó também.

Apareça.

Carol

P.S:
Você me falou coisas que estavam guardadas no peito e que guardo com carinho.
Houve até um beijo.
Não se vanglorie. O tempo, nós é que fazemos.
O futuro somos nós.

Na segunda gaveta, junto com minha coleção de tampinhas, descubro um recado do Big Ben: "Já que o tempo é feito por nós, o *Jornal do Outro* quando sai?".

Jornal do Outro

Editor: BIG BEN **Número 3 Ano 1** **Fundador: Carlos Caldas**

Distribuição: Galopress *Toda edição deste jornal é extra*

Edição Extra

Editorial

Espelho, espelho meu
Quem reflete é o seu eu

INFORMES DESNECESSÁRIOS

Enquanto o tempo passa, você passa, o carro passa, o governo passa, tudo pasta, inclusive a vaca.
O importante não é o que entra ou sai da boca, mas o que fica.
Jacaré não tem pescoço e só conhece a Europa quando vira sapato italiano.

S.O.S.

Estou guardada só para você. Sou loura, olhos azuis, pele rosada.
Sei cantar "Parabéns pra você", recitar "Batatinha quando nasce", sei falar "mamãe", "papai". E sei também fazer pipi. Mas não suporto mais minha vida. Tire-me daqui urgente. Não aguento mais a poeira destas prateleiras. Esta vida de boneca é fogo.

VOCÊ SABIA?

Passarim voa porque é passarim, se fosse burro zurrava.
Só tem dor de garganta quem tem garganta. Os decapitados não têm esse problema.

COLUNA do OUTRO

CONVERSA DE ESQUINA

Receita para amenizar a violência que assalta o país:
Retirar do dicionário da escuridão algumas palavras terminadas em "ão", como CORRUPÇÃO, EXCLUSÃO e EXTORSÃO.

FILOSOFIA DE BOTEQUIM

A nossa língua é engraçada: TUDO JUNTO escreve-se separado e SEPARADO escreve-se tudo junto.

•

Mãe é mãe, filho é filho,
e o pai é o filho da mãe.

•

Uma estrela brilha
Um cachorro late
Uma aranha tece
Tudo normal, tudo sob,
Sub, tudo sobreNatural.

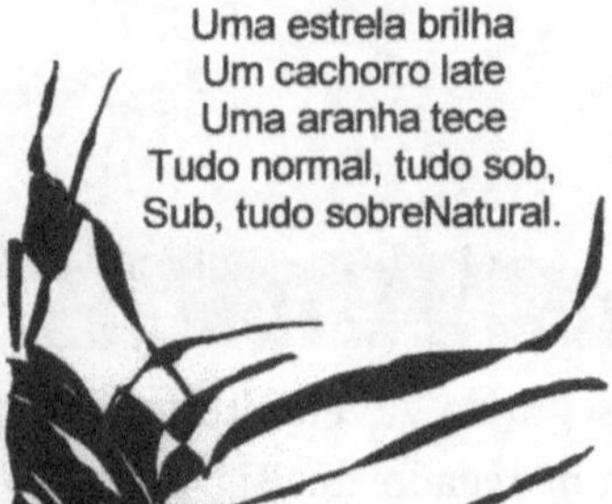

RECLAMAÇÃO

Quero meus brincos de volta.
A orelha, você pode ficar com ela.

COISAS DA VIDA

Depois que você virou meus olhos, só ando de costas.

MANDIOCA PROTESTA

Diz o poeta Mário Quintana de Porto Alegre (RS), Brasil, que a coisa mais melancólica do mundo é cachorro sem pulga. Mandioca, o cão, diz que o poeta nunca foi cachorro e não sabe o estrago que as pulgas fazem.

DICAS PARA EMAGRECER SEU TEXTO

- **N**ão abuse de palavras gordas, adiposas, confusas; além de ganhar um texto enxuto, você economiza tinta de canetas e impressora.
- **E**screva com a alma e com o coração, mas utilize, se possível, a caneta do banqueiro, isso pode lhe render alguns dividendos, dívidas e dúvidas.
- **U**se os verbos no tempo correto; se passar de 1 (um) minuto, já é passado.
- **N**ão beba enquanto escreve. Bêbados são muito sentimentais, o texto pode ficar tonto e viciar você.
- **E**vite escrever em frente à TV. O Ministério da Saúde adverte que pode ser prejudicial à saúde.
- **A** qualidade de um texto é de total responsabilidade de seu idealizador, ou seja, não culpe os outros por sua burrice.
- **P**ense na reação do leitor, isso pode evitar maiores estragos. Esperamos, assim, ter contribuído para o bom condicionamento físico de sua escrita. Ao persistirem os sintomas, procure um especialista.

Turma do jornal O Ato, A Rua, A Lua,
da Fundação Cultural Maria Lívia de Castro,
Belo Horizonte

Você pergunta e BIGBEN responde

Sou louco, tarado, um animal. Já estive no Pinel, na Delegacia e no Zoológico. O que faço?

Desenganado da Mamãe

R: Experimente o horóscopo. Dê uma de Leão. Mas cuidado com os chifres do Touro. Não agite muito o Sagitário. E fique sabendo que Virgem ainda Balança.

Estou gorda e flácida. Preciso de um regime.

Bolinha

R: Proponho um regime de comunhão de bens com um trabalhador que ganhe salário mínimo.

Meu Diário

Quando crescer quero ser um cara legal, desses de ajuntar gente por perto. Quero ser admirado, até invejado. Não quero ser médico, engenheiro, nada. Quero ser um cara bom. Quero ser um Robin Hood moderno. Um Mahatma Ghandi brasileiro. Só há um caminho para eu conseguir assegurar esse meu destino: *ser banqueiro.*

V E R D A D E

Os olhos da mulher amada são iguais aos da mulher não amada. Isto é, têm pupila, sobrancelhas, cílios e outros ingredientes.

(Reflexões de um filósofo em vias de paixão a respeito da cor dos olhos da menina amada)

O que difere o olho da menina ainda não amada do olho da menina amada é a cor. O olho da menina amada pode ser lilás, vermelho, cor-de-rosa. Já o olho da menina não amada é sempre verde. Já que no verde reside a possibilidade de esperança. Isso não quer dizer que a menina de olho verde deixe de ser amada. Esta minha teoria, graças à beleza, é totalmente furada. Porque o que há de mais bonito no rosto das meninas é quando o verde brota, principalmente, numa pele morena. Afinal, qual é mesmo a cor dos olhos de Carol e de Lindaura? Uma coisa garanto: amarelos não são.

(Depois da festa, a ressaca invade os miolos de Big Ben, e o espelho é matéria de especulação)

O espelho, no ofício de espelhar o espelhado, reflete os cacos, as rugas e os fragmentos do homem e da mulher principalmente. O espelho é um vidro que não tem fundo, nem lado. A sua espessura é a do seu dono. Por isso prefere-se o espelhinho que cabe no bolso ou na bolsa.

Segunda-feira

Aliás. adv. 1. De outra maneira; do contrário. 2. Além disso; além do mais. 3. Diga-se de passagem. 4. Ou por outra; ou seja.

Hora do almoço

"Olhem a surpresa", era papai invadindo a copa. E jogou para mamãe um exemplar de *Aliás.* Corremos todos para mamãe. Todos nós queríamos folhear a nossa *Aliás.* Papai, exultante, dizia: "Eu não falei que ia dar certo? Esta é a melhor revista do mundo. Chegou para ficar. A imprensa brasileira tem agora um divisor de águas. Antes e depois de *Aliás*".

Consegui arrebatar *Aliás* das mãos de Duda e corri para o banheiro. Folheei a revista, num fôlego só, à procura de meu artigo. Nada. Voltei furioso à copa para pedir explicação da ausência do meu artigo. Antes que abrisse a boca, papai já tinha resposta pronta: "Neste primeiro número tive que fazer concessões. Aproveitei alguns nomes famosos e artigos pertinentes com a situação do país. Você é novo, pode esperar". A explicação não me convenceu. E depois, essa história de ser novo não me engana. Quem disse que vou viver eternamente? Sou o agora e pronto. "Diga-se de passagem que esta *Aliás* não tem novidade nenhuma, é uma revista igual às outras", respondi com indignação. "Que é isso, menino? É a melhor revista do mundo", retrucou papai. "Acho que ele está é com ciúmes", interveio Sara. "Além do mais, não preciso escrever nessa revista, tenho onde colocar meus escritos", disse pra todo mundo ouvir. "Paciência, filho, ninguém perde por esperar", mamãe entrou na conversa com esse conselho. "Está bem, está bem, vou esperar, ou seja, esperarei até o fim do mundo uma oportunidade em *Aliás*."

Ninguém falou mais nada. Senti que papai não esperava minha reação. O mal-estar foi salvo com o telefonema de Fagundes.

– Alô, Caldas. Você viu a revista?

– Estou com uma em minhas mãos. É a melhor revista do mundo, Fagundes.

– Não exagere, Caldas, estamos começando.

– Para os próximos números, quero introduzir novidades.

– Vamos com calma, Caldas.

– Temos que sair na frente em tudo, Fagundes. O medo é a arma dos perdedores.

– Vamos lançar este número primeiro e depois pensaremos nos outros. Há muita coisa para acertar. E depois temos que vender a revista. Sem dinheiro não se faz nada.

– Deixa comigo, Fagundes, nada de pessimismo.

– Está legal, Caldas, nada de pessimismo, mas um pouquinho de pé no chão não faz mal a ninguém.

– Quarta-feira será a nossa redenção e a redenção da imprensa nacional – finalizou papai, tentando acreditar no sucesso de *Aliás*.

Ecos da festa

1. Tento escrever um bilhete para Carol. Rabisco páginas e páginas. Gasto todo o estoque de canetas e aponto mil lápis. Mal consigo escrever o seu nome. Meu amor não combina com literatura. Gosto de escrever outras coisas. O amor deve ter uma caligrafia própria.
2. Lindaura estava presente no vestido de Carol. Um amor veste o outro.
3. Vou à casa de Carol. Homem que é homem não escreve bilhete. Enfrenta a realidade de olhos acesos.
4. Dei dez voltas em frente à casa de Carol. Tive mil oportunidades de apertar a campainha. Passei apertado quando a vó apareceu no alpendre. Escondi-me atrás de uma árvore. Acho melhor escrever um bilhete.
5. A mão não obedece. As palavras se escondem de mim. Os pés não andam em direção à casa de Carol. Conclusão: continuamos ausentes. Estou perdido em mim, e Carol se perde também em mim.
6. Depois do bilhete de Carol, não penso, melhor, não sonho com Lindaura. É Carol de manhã à noite. Lindaura aparece às vezes na hora do banho.
7. Big Ben, sabendo de minha dificuldade em rabiscar palavras e traduzir em palavras a linguagem do coração, deixou para mim uma história que ele inventou. É a história de uma despedida (Por que as pessoas estão sempre se despedindo? Melhor, por que só se escreve sobre despedidas e nunca sobre encontros?). É para Carol. Mas como posso me despedir de alguém que mal encontrei? Esse Big Ben é mesmo um cabra arretado. Vamos à história:

Lição de não partir

Ela ficou na rodoviária me olhando com cara de partida. Mas quem partia era eu. Não ela. Vi em seus olhos exílios, noites transparentes e insones. Vi em seus olhos um desespero manso, tristeza de olho de boi indo para o irremediável. O ônibus rodou. Seus olhos em meus olhos eram rios que desaparecem nos mares da esquina. E o ônibus continuou rodando alguns quilômetros coração adentro. Depois, com o coração em repouso, percebi no céu que ela tinha virado lua, e seus olhos eram luares que clareavam os claros do coração.

Big Ben, o viajor

P.S.: Conselho de amigo: guarde seus cadernos na estante de seu pai. Coloque os diários junto dos livros que ninguém notará. Duda ainda quer vingar o "Bororó".

Terça

O cartaz abaixo, escrito à mão e xerocado, foi espalhado por todo o bairro.

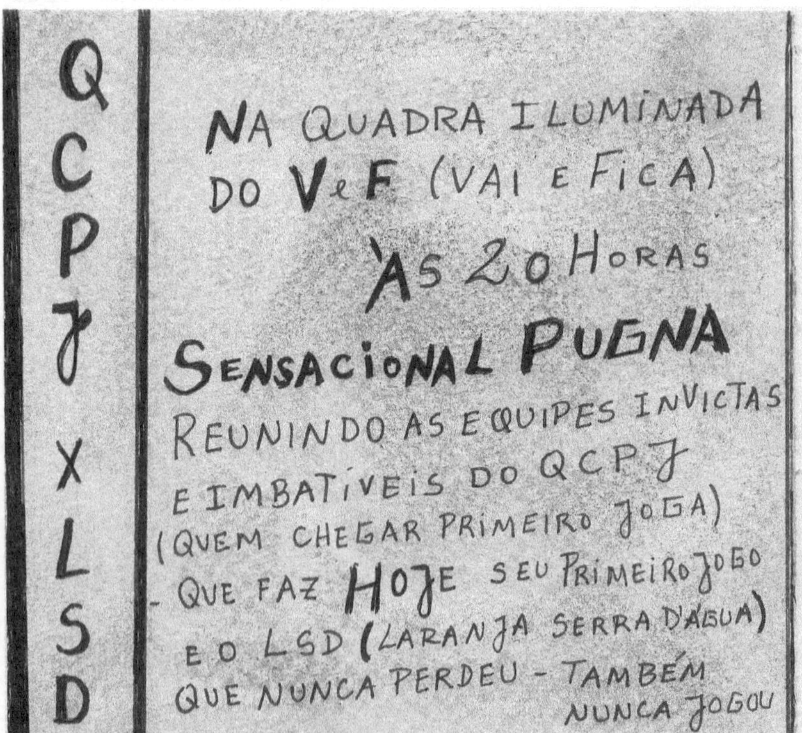

Estava arrumando os apetrechos para o jogo, quando mamãe chegou.

– Aonde você vai? – perguntou mamãe.

– Senhora não sabe? Hoje é dia do jogo contra o time do LSD – respondi naturalmente, colocando o tênis na sacola.

– E esse time é de onde? – notei que mamãe evitou falar o nome do time.

– É do bairro mesmo. São todos alunos do colégio.

– Ah, e por que esse nome?

– Sei lá, é invenção deles, o nosso também não fica muito atrás.

– É preciso ter cuidado, muito cuidado, o mundo é perigoso.

– Que é isso, mãe? É só um joguinho qualquer.

– Não é isso, filho. É das pessoas que tenho medo. Há muita maldade no mundo. Procure não se envolver em nada.

– Ih, mãe, deixa de bobagem. Sei me defender.

– Não aceite nada de estranhos. Só ande com pessoas conhecidas. Todo dia acontecem coisas horríveis.

– Por que essa preocupação toda?

– É que fiquei sabendo que essa quadra em que você vai jogar é ponto de encontro de marginais.

– Não tem nada disso.

– Como "não tem"? Se estou falando é porque sei das coisas. Nada de bebida alcoólica. Você viu o que te aconteceu na festa da sua colega? Cigarro nem pensar.

– Maconha, quer dizer.

– É isso. Atrás de um inocente cigarro vêm as outras coisas. E aí vira um inferno.

– Estou sabendo disso, mãe.

– Todo cuidado é pouco. A gente tem que se preocupar com tudo. E depois, essa *Aliás* de seu pai me deixa de cabelos brancos.

Mãe saiu como entrou. Silenciosa. Acabei de arrumar o meu material e saí sem ninguém me ver. No caminho, fui pensando nas palavras de mamãe. Mãe é assim mesmo. São todas iguais. Querem nos proteger, tomar conta até dos pensamentos, até da fumaça que sai dos cigarros. Como diz Big Ben: "Mãe é uma só e sempre tem razão". Nessa altura do campeonato o jogo era o que menos importava. E depois desse incentivo todo, até Pelé jogaria uma bola quadrada.

Quarta-feira

Hora do almoço

As palavras que se ouviam na mesa eram *Aliás, Aliás* e *Aliás*.

Papai era sonho só. A revista era seu garfo, sua carne, água, travesseiro, sonho. Papai e *Aliás* eram uma só pessoa. Ninguém tinha dúvida disso. E enquanto papai almoçava o editorial da revista, mamãe entregou-lhe um envelope.

– Que é isso, mulher? – perguntou papai.

– Abra e veja. É a minha colaboração para *Aliás*, ou seja, é um presente especial.

Papai abriu o envelope rasgando as pontas, sem muito cuidado. Tirou de dentro uma nota fiscal.

– Que é isso, mulher?

– Leia com calma.

Papai então demorou os olhos no papel e, à medida que avançava na leitura, seu rosto adquiria novas expressões.

– Não pode ser! – exclamou atônito. – Não pode ser – repetiu. – Como conseguiu isso? – perguntou. Levantou-se e beijou mamãe. Sem saber o que continha aquele papel, ficamos curiosos. Passada a surpresa, papai voltou ao normal e sem mudar o tom de voz perguntou:

– Onde arrumou esse dinheiro? Não vem me dizer que...

– Não interessa. O que fiz está feito e pronto. Não se fala mais nisso.

E não se falou mais nada. Todos sabíamos do gênio de mamãe. E papai não era doido o suficiente para continuar a conversa. Só mais tarde, através de um telefonema para o Fagundes, foi que fiquei sabendo da história. Mamãe resgatou a dívida da gráfica com os brincos e anéis em coco e ouro que herdou de nossa bisavó. Estavam, por enquanto, sem ameaças a casa e a revista.

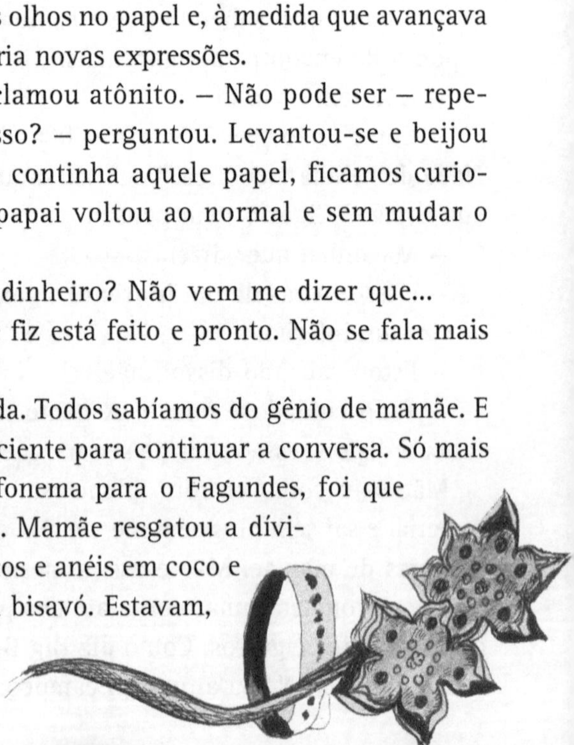

Flash da noite

Segui o conselho de Big Ben e coloquei meus cadernos junto com os livros de papai. Até eu tenho dificuldades em achá-los.

Só mamãe foi ao lançamento de *Aliás*. Eu perdi todo o interesse por essa publicação.

Duda comprou uma bateria e trouxe para o nosso quarto. Big Ben, que gosta de imitar Pixinguinha e Armstrong, disse-me que a partir de agora nosso quarto passará a chamar-se Divino Inferno do Som.

Tia Lili, quando souber da novidade, vai comprar toneladas de aspirinas, e o Mandioca pedirá férias.

Papai está alegre e assobia um samba, mamãe pede silêncio. Papai fala alto, mamãe faz "psiu". Papai com voz pastosa diz que *Aliás* superará as expectativas, mamãe diz "vamos dormir". Até que um galo, ou mesmo o Mandioca, anuncie a manhã.

Vou ao banheiro. Ponho uma camisa bonita e um *short* colorido. Escovo os cabelos, passo perfume e me deito. É preciso dormir alinhado porque esta noite Carol virá me visitar no sonho, é claro.

Quinta

Acordo com Sara puxando minhas pernas. Espreguiço. Sara puxa as cobertas. Espreguiço de novo. Cubro-me. Sara não dá tréguas. Puxa de novo as cobertas. Desisto. Sento na cama. Levanto os braços. Estico as pernas. Solto um urro matinal. Bocejo. Sara me olha o tempo todo. De repente, joga em mim duas cartas e sai correndo. Desconfio de quem são e dou um grito de alegria. Coincidência. Hoje jogo no bicho. E na águia, já que não há pombo na história desse jogo. Eu, que já não esperava nenhuma resposta, recebo as duas de uma vez. Uma carta vem de São Paulo, terra onde Carol vai passear, por isso tem uma importância enorme para mim. A outra vem de longe. De um lugar onde nem o pensamento chega, de tão longínquo que é. Vem de Viareggio (Itália). Até o nome é diferente e se escreve numa grafia comprida e caprichosa. Namoro as cartas. Qual delas abro primeiro? Como sou parcial e bairrista escolho a que vem de São Paulo, em homenagem à Carol. Abro-a com cuidado, com medo de machucar o papel. Vou lê-la em voz alta para que o Big Ben também participe do encontro.

São Paulo – Brasil

Seu Carlos!

Você diz que tem pressa.

É certo que o artista não deve ter pressa, é preciso saber esperar. Mas isso do sujeito que só se põe escrevendo "quando sente disposição" é estupidez, mas da miúda. Principalmente para o prosador. De fato o poeta só deve criar quando em "estado de poesia". Mas isso não é sentir disposição, já é estar fatalizado por uma impulsão interior de que ele não tem a culpa. O prosador, não. O prosador lida com a inteligência lógica, está no plano do consciente, das relações de causa e efeito. O seu discurso tem cabeça, tronco e membros, princípio, meio e fim, embora pouco importa que muitas vezes o assunto exija que o fim esteja no princípio, e o princípio no meio. Não tem disposição? Não se trata de ter disposição: você é um operário como qualquer outro: se trata de ter horas de trabalho. Então vá escrevendo, vá trabalhando sem disposição mesmo. A coisa principia difícil, você hesita, escreve besteira, não faz mal. De repente você percebe que, corretamente ou penosamente (isso depende da pessoa), você está dizendo coisas acertadas, inventando belezas, forças, etc.

Depois, então, no trabalho de polimento, você cortará o que não presta, descobrirá coisas pra encher os vazios, etc., etc. Não há como a fatura de um filme pra exemplificar bem o trabalho de todo e qualquer artista. São cortes e mais cortes, novos close-up *a fazer, tanto duro anterior, tanto trabalho posterior, coisa lenta, difícil, penosa.*

*Do sempre Mário de Andrade.**

Desço para tomar café. No percurso, penso em Mário. E em sua infinita bondade e sinceridade. Elejo-o amigo do peito e de agora em diante dedicarei a ele todas as vitórias de meu time de botão. Sara, ao me ver no café, pede os selos. Mamãe quer saber que cartas são aquelas. Sara pisca o olho. Digo para mãe que depois conto.

Subo de novo para o quarto. Sara vem atrás. Quer os selos. Peço para esperar. Sara os quer agora. Não há como recusar. Sara, a cúmplice, ganha os selos. Abro o outro envelope. A carta já veio traduzida. Pensei comigo: "esse cara está me levando muito a sério". E com esse pensamento embarco em suas palavras:

Viareggio, perto de Pisa (Itália)

Prezadíssimo Senhor

O senhor me pergunta se os seus versos são bons. Pergunta-o a mim, depois de o ter perguntado a outras pessoas. Manda-os a periódicos, compara-os com outras poesias e inquieta-se quando suas tentativas são recusadas por um ou outro redator. Pois bem – usando da licença que me deu de aconselhá-lo – peço-lhe que deixe tudo isso. O senhor está olhando para fora, e é justamente o que menos deveria fazer neste momento. Ninguém o pode aconselhar ou ajudar – ninguém. Não há senão um caminho. Procure entrar em si mesmo. Investigue o motivo que o manda escrever; examine se estende suas várias raízes pelos

* *Carta de Mário de Andrade para Fernando Sabino, escrita em 25/1/1942. Do livro* Cartas a um jovem escritor, *de Mário de Andrade. Rio de Janeiro: Record, 1982. p. 25-6.*

recantos mais profundos de sua alma; confesse a si mesmo: morreria, se lhe fosse vedado escrever? Isto acima de tudo: pergunte a si mesmo na hora mais tranquila de sua noite: "Sou mesmo forçado a escrever?". Escave dentro de si uma resposta profunda. Se for afirmativa, se puder contestar aquela pergunta severa por um forte e simples "sou", então construa a sua vida de acordo com esta necessidade. Sua vida, até em sua hora mais indiferente e anódina, deverá tornar-se o sinal e o testemunho de tal pressão. Aproxime-se então da natureza. Depois procure, como se fosse o primeiro homem, dizer o que vê, vive, ama e perde. [...] Se depois desta volta para dentro, deste ensimesmar-se, brotarem versos, não mais pensará em perguntar seja a quem for se são bons. Nem tampouco tentará interessar as revistas por esses seus trabalhos, pois há de ver neles sua querida propriedade natural, um pedaço e uma voz de sua vida. Uma obra de arte é boa quando nasceu por necessidade. Neste caráter de origem está o seu critério – o único existente. Também, meu prezado senhor, não lhe posso dar outro conselho fora deste: entrar em si e examinar as profundidades de onde jorra a sua vida: na fonte desta é que encontrará a resposta à questão de saber se deve criar. Aceite-a tal como se lhe apresentar à primeira vista sem procurar interpretá-la. Talvez venha a significar que o senhor é chamado a ser um artista. Nesse caso aceite o destino e carregue-o com seu peso e sua grandeza, sem nunca se preocupar com recompensa que possa vir de fora. O criador, com efeito, deve ser um mundo para si mesmo e encontrar tudo em si e nessa natureza a que se aliou.

Mas talvez se dê o caso de, após essa descida em si mesmo e em seu âmago solitário, ter o senhor de renunciar a se tornar poeta. (Basta, como já disse, sentir que se poderia viver sem escrever para não mais se ter o direito de fazê-lo.) Mesmo assim, o exame de consciência que lhe peço não terá sido inútil. Sua vida, a partir desse momento, há de encontrar caminhos próprios. Que sejam bons, ricos e largos é o que lhe desejo, muito mais que lhe posso exprimir.

[...]

Deixe-me fazer-lhe aqui um pedido: leia o menos possível trabalhos de estética e crítica. Ou são opiniões partidárias petrificadas e tornadas sem sentido em sua rigidez morta, ou hábeis jogos de palavras inspirados hoje numa opinião, amanhã noutra. As obras de arte são de uma infinita solidão; nada as pode alcançar tão pouco quanto a crítica. Só o amor as pode compreender e manter e mostrar-se justo com elas. É sempre a si mesmo e a seu sentimento que deve dar razão contra toda explanação, comentário ou introdução dessa espécie. Mesmo que se engane, o desenvolvimento natural de sua vida interior há de conduzi-lo devagar, e com o tempo, a outra compreensão. Deixe a seus julgamentos sua própria e silenciosa evolução sem a perturbar; como qualquer progresso, ela deve vir do âmago do seu ser e não pode ser reprimida ou acelerada por coisa alguma. Tudo está em levar a termo e, depois, dar à luz. [...]

Aí o tempo não serve de medida: um ano nada vale, dez anos não são nada. Ser artista não significa calcular e contar, mas sim amadurecer como a árvore que não apressa a sua seiva e enfrenta tranquila as tempestades da primavera, sem medo de que depois dela não venha nenhum verão. O verão há de vir. Mas virá só para os pacientes, que aguardam num grande silêncio intrépido, como se diante deles estivesse a eternidade. Aprendo-o diariamente, no meio de dores a que sou agradecido: a paciência é tudo.

Que tudo lhe suceda bem em seus caminhos.

Seu

*Rainer Maria Rilke.**

* *Do livro* Cartas a um jovem poeta, *de Rainer Maria Rilke. Tradução de Paulo Rónai. Porto Alegre: Globo, 1964. p. 22-5, 31-3.*

17
BRASIL
M.70084
F.64472-D
BRASIL
Remetente
Endereço

Após a leitura das cartas, fiquei imóvel. O pensamento não pensava, flutuava. Estava diante de mim, do meu espelho, estava em transe. Era preciso escolher o caminho. Não podia recuar. Agora começava a compreender alguma coisa sobre a arte. E arte exige doação. Não tem caminho de volta. "E será que estou pronto para essa travessia?", pensei. Meu pensamento foi atropelado por papai, ainda bem.

– Soube que você recebeu cartas.

– Estão aqui – e passei a ele as cartas.

Depois de demorada conferência dos envelopes, disse apenas:

– Você é um menino de sorte. Seja humilde e vá em frente – e me deixou de novo sozinho comigo mesmo.

Numa sexta qualquer

Papai chegou com as opiniões e críticas sobre *Aliás*. Mamãe passou os olhos e não gostou. E mãe tem sempre razão. E isso de mãe ter razão é uma verdade quase verdadeira. Mas vamos aos fatos.

Alunos do Colégio Técnico da UFMG, o famoso COLTEC, acharam *Aliás* um barato e já providenciaram uma assinatura.

•

Os garotos da praia do Tejuco acham *Aliás in*, já a UDR tachou *Aliás* de *out*.

•

Setor reacionário da Igreja católica acha *Aliás* um instrumento do diabo.

•

Militares torcem o nariz para *Aliás*.

•

A Liga das Mulheres para o Bem do Brasil considera *Aliás* machista, perigosa e tendenciosa. Segundo a Liga, *Aliás* é uma revista que prega o amor livre, a dissolução da família e todo tipo de liberalismo. Além de conter no seu âmago a filosofia marxista. A Liga pede o fechamento imediato da revista.

•

Sr. Diretor

Concordo plenamente com o pensamento que emana de *Aliás*. Infelizmente ainda existem pessoas que ameaçam nosso processo democrático e podem querer calar a nossa *Aliás*. Vamos resistir e dar uma banana a essas pessoas que vivem na sombra da mediocridade e do clientelismo.

Lico, o metalúrgico

•

Sr. Diretor

Quero registrar meu protesto. Esta revista, felizmente, terá vida curta para o bem da família brasileira. Esta revista faz assertivas, tanto injustas quanto maldosas, contra representantes do clero, do executivo e das forças armadas. Espero que seu fim seja o mais breve possível.

Plínio Cadeado

•

Sr. Diretor

Aliás tem que ter força e acabar com essa imprensa suja, violenta e comprada que anda por aí. Se depender de mim, só *Aliás* continua. Fora o resto!

Jane Campos

•

Sr. Diretor

Não existe novidade na imprensa. Tudo já foi escrito. Tudo já foi contado. Não há palavras novas. Tudo repetição. Não há nada sob o sol. Sob a solidão do papel.

Salomão, o Bíblico

•

Sr. Diretor

Nove novidades novidadeiras de dar dúvida e dúvida aos olhos. Seja sempre. Semper. Ali. Alhures. Aliasmente.

Guimarães Rosa

•

Sr. Diretor

Espero que *Aliás* não desafine.

Vinícius de Morais

•

Sr. Diretor

Gostaria de fazer alguns comentários a respeito de tão importante publicação. *Aliás* me deixou perplexa, mas incitou meu desejo de escrever e demonstrou que posso fazê-lo com liberdade. Em anexo alguns artigos meus, que submeto à consideração dos Srs. Editores para futura inclusão na revista.

Zely Coutinho

Sr. Diretor

Temos que acreditar numa publicação do Terceiro Mundo. Que Deus seja o mensageiro.

Astrogildo Louva-a-Deus

•

Sr. Diretor

A nova e ótima revista *Aliás* é motivo de júbilo para os leitores, fé na imprensa, esperança no Brasil.

João Faz de Conta

Pai era só satisfação quando mãe interrompeu a sua alegria com esse comentário:

– Esta *Aliás* não resiste a uma quartelada.

– Que é isso, mulher? Os tempos mudaram – respondeu papai.

– Mas os homens, não! – mamãe respondeu e foi para a cozinha.

De novo senti o tempo fugir de meu controle. E meu futuro dependia, exclusivamente, do sucesso e da permanência de *Aliás*.

Sábado

Big Ben fugiu do Divino Inferno do Som e encontrou pousada nos livros de papai. E começou uma fantástica viagem através do Rio São Francisco acompanhando Riobaldo na travessia do grande sertão e veredas. E espera, juntamente com D. Quixote de La Mancha, enfrentar os moinhos de vento e o duro coração de Dulcineia.

Big Ben, que tem no tempo a sua medida e percurso, diz que está tentando conseguir um passaporte para o país de Alice, a sua grande paixão.

Sábado à tarde

Duda chega esbaforido em casa. Está elétrico. A cem por hora. Diz que está tudo pronto. Duda está eufórico. É só alegria. Vai trabalhar na Europa. Foi contratado, juntamente com outros músicos, para tocar num hotel em Madri. E depois fazer outras cidades. Mãe chora baixinho para ninguém ver. Pai chora de verdade e, entre soluços, diz:

– Vai, filho, pudesse iria também. Este país não vai durar muito.

Sábado à noitinha

Crio coragem e telefono pra Carol. Ela atende. Convido-a para um cineminha amanhã. Para meu espanto, ela topa.

Domingo

Pai, ainda de pijama, abre o jornal e estranha. Chama mãe. Mãe também estranha aquele jornal sem notícias. No lugar das manchetes, editoriais, colunas sociais, havia versos de Camões e trechos de *Iracema,* de José de Alencar.

As rádios só tocavam músicas orquestradas, e a televisão estava fora do ar. Havia, além dos aviões de carreira, alguma coisa no ar, como diria o Visconde de Itararé.

Mãe pensou o pior. Pai ficou no óbvio. "Isso está cheirando a golpe militar", falou pai querendo ser profeta. "E você ainda tem dúvida?", respondeu mamãe.

Pai vai ao telefone. Não há telefone. A cidade está fora do ar, muda e surda. Fagundes aparece alarmado. O pânico está estampado em seus olhos. Vai logo dizendo: "O que você acha?". Papai usa as palavras de mamãe: "E você ainda tem dúvida?". "Acho que é melhor arrumarmos a mala!", respondeu Fagundes sem muita esperança. "Basta a escova de dente", papai retrucou fazendo graça. "Você não leva nada a sério!", reprovou Fagundes. "Você que é pessimista, velho Faga. Temos que ficar e resistir. Não há saída. E *Aliás* já é voz do povo", papai falou tentando aplacar o medo de Fagundes. "Sabe o que precisamos agora, Fagundes?" Fagundes não ouvia nada, era só medo e pressa. "Nós precisamos é de uma cervejota gelada para raciocinarmos melhor." Para espanto de papai, Fagundes concordou: "Sabe que você tem razão? Como se diz no futebol: perdido por um, perdido por mil. Vamos à cerveja". E saíram para o bar da esquina.

Ainda ouvi mamãe dizendo: "Seu pai não tem mesmo jeito, a situação está preta, e ele ainda tem tempo de beber cerveja. Seja o que Deus quiser", concluiu conformada.

Indiferente ao golpe militar que poderia estar acontecendo, aos destinos do país e ao meu próprio destino, tratei de confirmar o cineminha com Carol. Aquele encontro significava não uma revoluçãozinha qualquer, mas uma guerra nuclear para mim. E, armado de chicletes, um fedorento perfume por todo o corpo, sapato apertado e calça pinicando, parti patrioticamente para a minha guerra particular.

Sessão da tarde

Cinema: Metrópole
Local: Praça do Teatro
Cidade: Belo Horizonte
Artistas principais: Carol e eu
Censura: 14 anos
Filme: *O destino quis assim*
Cena 1 – Tomada 1 – Plano Geral
Ação:

Assentamos na fila do meio. Bem no meio do cinema. Carol olhava para mim e ria. Eu olhava para ela e ria. Às vezes dizia: "Oi", e ela respondia: "Oi o quê?". À nossa frente, um casal de namorados não esperou a luz apagar e os dois se deram as mãos. Olhei para Carol. Carol olhou para mim. Deixei minha mão à disposição. Carol também deixou a dela. Esbarrei de propósito, minha mão na de Carol. Falei: "Oh, me desculpa". Ela respondeu: "Desculpar o quê?". As luzes apagaram. Olhei para Carol. Carol olhava para mim. Desviei os olhos. O rapaz da frente passou as mãos nos ombros da moça. O filme começou. Suspirei fundo. Carol perguntou se eu estava passando mal, disse que não. O casal uniu as cabeças. Na tela, o artista beijou a artista. O rapaz da frente beijou a moça. Eu estava quase estourando de sufoco e de vontade de fazer qualquer asneira. O desespero tomou conta de mim, mas estava impotente e inerte. Carol percebeu minha situação e me deu a mão. Gelei. O coração acelerou e o sexo quase transbordou. Trouxe a mão de Carol na altura do meu coração para ela sentir o ritmo dele. Em seguida fiz o contrário. Testei o coração de Carol. Senti toda a trepidação de seu peito, toda a quentura e a maciez de seus seios. Dessa vez transbordei. Dei um beijo na face de Carol. Ela apertou minha mão. Suava. Depois encostamos os lábios de leve. Nada ainda de língua. O casal da frente fazia coisas que os artistas da tela só ameaçavam. Aproximei meus lábios dos lábios de Carol. Lembrei-me do conselho "olhos fechados e lábios entreabertos" e assim o fiz. Carol fez o mesmo. Estávamos à mercê um do outro. E quando lábios iam virar beijo e beijo ia virar língua, acenderam as luzes. Soldados portando metralhadoras apareceram de todos os lados. Um sargento pediu calma e ordem à plateia. Estavam à procura de dois subversivos que poderiam estar entre nós. E esses subversivos eram perigosos, inimigos da pátria e dos brasileiros.

Tivemos que sair em fila indiana para sermos identificados. Nas ruas, tanques e soldados compunham a paisagem. Ficamos sabendo que não havia mais congresso, presidente, partidos políticos, nada. Provavelmente não havia nem mais o país. Estávamos perdidos. Logo eu, que momentos atrás me perdia em Carol. Perdi, além da esperança, o beijo de língua.

Indiferente à tarde verde-oliva, aos tanques e coturnos, o anúncio do filme *O destino quis assim* continuou acendendo e apagando.

O homem sai do espelho

Os olhos estão úmidos, mas a alegria do reencontro é maior. É preciso descer para jantar. Todos me esperam.

A mesa está posta. Minha filhinha é uma graça, me dá um beijo e pergunta: "Quando é que vamos ao Parque Municipal?". O menino mais velho toca num conjunto de música e fará um *show* no Palácio das Artes. O outro é cheio de mistérios. Já o flagrei conversando com as gavetas.

– Pai! – é o menino das gavetas.

– O que é, filho?

– Lá na escola estamos criando um jornal. Não temos ainda o nome. Vou ser o editor.

– Posso sugerir um nome?

– Claro, nós estamos precisando é disso mesmo. Temos uma porção de nomes, mas nenhum me agrada.

– *Aliás*.

– Aliás o quê, pai?

– *Aliás* é o nome que estou sugerindo.

– Desse nome ninguém vai gostar.

– Que tal *Diário do Outro*?

– *Diário do Outro*? O nome é meio antigo, mas gosto. Talvez *Jornal do Outro* seja melhor. Deixa eu falar o nome alto para ir acostumando – e foi falando: – *Jornal do Outro*, *Jornal do Outro*, *Jornal do Outro*...

– Quero colaborar nesse jornal.

– O senhor? Duvido.

– Quero uma coluna só para mim, você deixa?

– Claro. Mas ninguém precisa saber que é o senhor, combinado?

– Vou assinar minha coluna com pseudônimo.

– Legal, pai, legal. Estou gostando da ideia. E a sua coluna já tem nome? E o pseudônimo?

– A coluna vai se chamar Meu Diário e quem vai assiná-la é o Big Ben.

– Big Ben? Eu saco. Não é o relógio de Londres? Tio Duda já me mandou um postal desse Big Ben.

– Pai – interveio o menino – e essa coluna Meu Diário, como vai ser?

– Vai ser uma espécie de diário mesmo. Igual a todos os diários do mundo.

– Legal, mas preciso desta coluna para ontem – diz o menino como se fosse um jornalista tarimbado. E continua: – É verdade que já estudou interno e que teve um cachorro chamado Mandioca?

– Claro que é verdade. Quem te falou isso?

– Foi vovó. Ela sabe uma porção de histórias suas.

– Vó sempre sabe muitas coisas.

– Conta pra mim a história do colégio interno?

– Outro dia, filho, outro dia. A história do colégio interno é comprida, muito comprida.

– Carlos, a comida vai esfriar – diz a mulher.

– Vamos à janta, que hoje tem trabalho. Vou escrever a primeira página de meu diário – e pisquei para meu filho, como dois companheiros inseparáveis.

E partimos para os garfos e colheres. Ruidosos e felizes, até.

O tempo passou e passa nos olhos. O século está aqui, agora. Não acabou. Mudou muito. Machucaram Nova Iorque, Ásia, América, Europa e África. Na verdade, o planeta está ferido. O muro de Berlim caiu, mas o homem continua faminto no Brasil e alhures. O mapa terrestre ganhou novos países e paisagens, mas a distância entre ricos e pobres cresceu como nuvem radioativa. *ALIÁS*, papai continua com razão quando diz que é preciso repartir o pão da alegria e calçar os pés de São Francisco.

E a gente quando é criança quer crescer, ser dono dos outros. E, quando crescemos, ficamos sabendo que ninguém é dono de nada e que não precisamos de muita coisa para viver e ser feliz. Aí queremos atrasar o calendário e voltar o relógio do tempo e nos incendiar de sonho e poesia.

O autor

Sou mineiro e estou perdido em Belo Horizonte desde que me deram o mundo de presente. Nasci em setembro, sou virgem. Embora a virgindade tenha-se perdido nestas montanhas de utopias e abismos. Nasci no Dia da Independência, mas continuo dependente da vida, das manhãs, dos ermos e da poesia.

Fiz um quase nada de tudo, inclusive vender pipocas em "velhos circos de tourada". Minha grande decepção foi ter passado por debaixo da lona e ser convidado a sair justamente quando o leão comia o domador. E nessa antropofagia que é o mundo, para não ser devorado, me armei de poesia e prosa e hoje resisto e canto apesar dos fuzis e dos homens.

A literatura é uma companheira legal e fiel. Conheci-a ainda menino e, sem a carteirinha de escritor e sem pedir licença, fui escrevendo o mundo. A matéria do escritor é a vida, e esta explode nas esquinas, nos bares, na sala de jantar, nos becos, estádios e corações. A vida é eletricidade. O escritor é o fio condutor desta realidade. E dá choque.

Já fiz teatro, audiovisuais, fui diretor de colégio, secretário municipal de esportes. Já ganhei prêmios literários. Tenho aproximadamente trinta livros publicados. Alguns esperando o selo das editoras, outros na gaveta da cabeça. Hoje bebo poesia e falo cachaça.

Pai, mãe, sete irmãs e um irmão nasceram em Mesquita, cidadezinha que parou no tempo e no mapa de Minas, ainda bem. A caçula e eu nascemos na capital e nem por isso somos capitalistas. Miriam, Pablo, Mariana e Thiago ajudam-me a sedimentar e plantar a paixão, a poesia e o pão nosso de cada dia. São Francisco é meu santo, meu irmãozinho, meu rio, minha sandália e minha lua cheia de fé e sol. Confesso que há essa contingência que chamamos amor. Que às vezes é fel, às vezes é flor.

Só sei que, do nada sei um pouco, e de tudo, um quase nada.

Ronald Claver

Entrevista

Em *Diário do outro*, o Brasil de antes do golpe de 1964 serve de pano de fundo para as aventuras e desventuras de Carlos, um adolescente que adora "conversar com suas gavetas". Agora, vamos conversar um pouco com Ronald Claver, para saber mais sobre ele e sua obra?

UMA PERGUNTA INEVITÁVEL: QUANTO DESTA HISTÓRIA É INSPIRADO NA SUA PRÓPRIA HISTÓRIA? RONALD ESCRITOR NASCEU COMO CARLOS ESCRITOR, ISTO É, INSPIRADO NO PAI E NOS SONHOS?

• Tudo é ficção. A matéria da literatura não é a realidade, mas o sonho. A história de vida é um trampolim para a fantasia, um passaporte para o país do faz de conta. No sonho, o mar transborda, pedra vira flor, tudo é possível e impossível. Carlos é um sonho real, o pai de Carlos é uma possibilidade concreta. Tudo é desejo, fantasia. Escrever é sonhar acordado. *Diário do outro* é sonho não acontecido, mas desejável. É a ficção da realidade, são as possibilidades que estão ao alcance do sonho. Sonhe e escreva. O que nunca foi e não era será.

QUAL A SUA HISTÓRIA COM A DITADURA? O QUE ELA REPRESENTOU NA SUA VIDA?

• Era adolescente em São João Del Rei, quando conheci a ditadura. Ela principiava, mas já dava choque. Soldados do exército ocupavam toda a cidade. Estavam gloriosos. Vinham de uma batalha que não aconteceu no Rio de Janeiro. Na época, eu seguia os passos de São Francisco. Alguém da minha turma de amigos brincou: "Olhe os heróis de um novo mundo", isto bastou para que os soldados nos seguissem e, no trajeto, fizeram ameaças à espera de uma reação. Quase fomos trucidados. O comando maior foi avisado, e "tudo ficou como dantes no quartel de Abrantes". Fiz um texto recordando o fato: *Os heróis chegaram naquela tarde/noite vomitando estrelas, empáfias, glórias. São João Del Rei era verde-oliva, e o sonho apenas começava nas guitarras dos Beatles. Castelo Branco assumia o poder, e os castelos de esperança, amor pátrio e futuro caíam na areia do arbítrio, do engano, do muro. Naquela tarde/noite Nicolau, Marcelo, Omar, Luís Fernando e eu descíamos a rua principal de SJDR como quem desce de uma escada, de um morro, de um avião. Descíamos a rua como se desce de um ônibus, de uma escada de um país e continuamos a descer a rua como se desce de um vulcão, eles também desciam, só que de armas na mão. 1964 – SJDR é verde-oliva, Os Beatles saem de Liverpool, mas meu sonho de brasileiro acabara de acabar.* Ditadura é palavra feia e deve ser esquecida no dicionário da vida. Ela é chata, repetitiva, birrenta e burra. Só sabe dizer *não*. Gosta de proibir, censurar, torturar, exilar, matar. Ditadura não é legal, seja ela do centro, da esquerda ou da direita.

É INTERESSANTE QUE, NO SEU LIVRO, VOCÊ USA VÁRIAS CITAÇÕES LITERÁRIAS E FOLCLÓRICAS, INCLUSIVE TOMANDO CERTAS LIBERDADES, SE APROPRIANDO DELAS, MUDANDO O CONTEXTO, ETC. EXISTE ALGUM MOTIVO POLÍTICO OU FILOSÓFICO POR TRÁS DISSO, OU TRATA-SE SIMPLESMENTE DE UMA BRINCADEIRA?

• Brincar com as palavras e frases é dever de todo escritor, melhor, de todo cidadão. Brincar com palavras significa mudar a direção de seu olhar. Ver o avesso do espelho. É uma maneira de modificar as estruturas sólidas, imutáveis. De mexer no eterno. No mármore do cotidiano. É a técnica da interferência. Interferir criativamente em textos congelados é dar a eles uma vida nova. Uma roupa bonita e confortável. O segredo é reinventar sempre. Afinal, tudo passa, inclusive a vaca que pasta. E tudo é natural, inclusive o sobrenatural. E viver perigosamente não tem perigo nenhum. Interfira já.

Carlos adorava escrever escondido, escrever de várias formas diferentes, brincar com as palavras, com as ideias. É muito estimulante ler o livro *Diário do outro*, dá vontade de escrever também. Você teve essa intenção, de estimular a escrita? Em sua opinião o jovem de hoje, de maneira geral, recebe pouco estímulo para escrever criativamente? Por quê?

• A criatividade não é um dom. É uma conquista. Embora não seja uma disciplina escolar, aprende-se no dia a dia. Precisamos exercitá-la a toda hora. Precisamos ver as coisas com um olhar diferente. Precisamos educar nosso olhar. É preciso ter liberdade para criar, para inventar. Se a escola não é criativa, o seu aluno corre o risco de cair na mediocridade. A escola deve ser plural. A escola precisa ensinar a ler as entrelinhas, a ler o que não está escrito. A ler as margens do texto. A ler textos criadores, provocadores. A escrita criativa é a reinvenção do paraíso. Quem não quer o paraíso?

Em vários momentos do livro, os movimentos culturais que ocorreram na década de 1960 são mencionados. Para quem tiver interesse em saber mais sobre esses movimentos, que fontes de pesquisa você recomenda?

• Hoje temos a Internet. Mas seria bom ouvir a música dos anos 60. Ler a poesia dos anos 60. Escrever os romances dos anos 60. Ver o teatro dos anos 60. Ler os jornais dos anos 60. Ler as cartas dos anos 60. Decifrar os códigos dos anos 60. Rever as cidades dos anos 60. Participar das greves dos anos 60, das passeatas dos anos 60, das missas dos anos 60. Vestir a farda dos anos 60. Voar nas asas da Panair e tomar cuba-libre dos anos 60. Depois, abra a janela de seu computador e viaje no trem da imaginação.

ENTRE LINHAS
ADOLESCÊNCIA

Diário do Outro

Ronald Claver

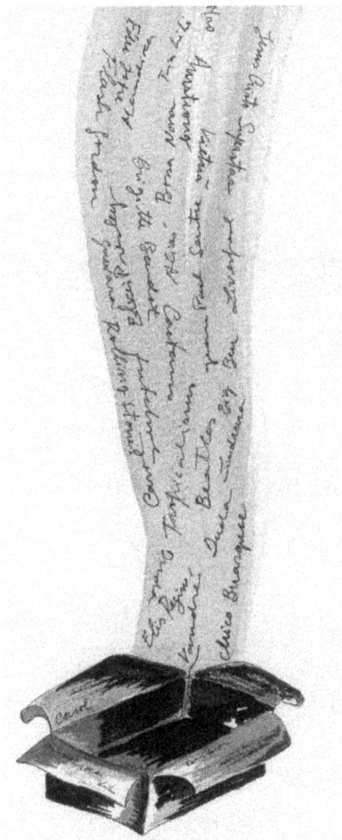

Suplemento de leitura

Diário do Outro é o retrato íntimo de Carlos, um típico adolescente brasileiro da década de 1960. Através da narrativa cotidiana e criativa, podemos construir um panorama de referências culturais e políticas dessa que foi uma época muito turbulenta de nosso país.

Por dentro do texto

Enredo

1. Carlos recebeu um pacote de Londres. Quem lhe mandou o pacote e o que ele continha?

2. Por que Carlos hesitou tanto em abrir o pacote?

3. Carlos adolescente tinha muitos amigos, mas tinha um confidente especial. Quem era ele?

4. Qual era o desejo de Carlos em relação ao seu futuro?

5. Enquanto o primeiro caderno continha as cartas a Big Ben, o segundo caderno era na verdade o diário que Carlos escrevera por sugestão do pai. Na sua opinião, qual a diferença entre as cartas e o diário, já que ambos são desabafos e pensamentos de Carlos?

6. "Confesso. Tenho três gavetas. Ficam no móvel de minha cama. São três gavetões e é lá que me encontro" (p. 29). Nesse trecho do livro, Carlinhos usa uma metáfora. Que metáfora é essa?

e) Abro-a (a carta) com cuidado, com medo de machucar o papel. ______

f) Depois dos rompantes de papai, ninguém conversou mais e o nosso almoço virou um velório. ______

g) As torcidas extasiadas e silenciosas não querem perder nenhum movimento daquele balé. ______

h) O colégio estava mudo. ______

Produção de textos

14. Em certo momento da história, o pai de Carlos interpreta para a família uma história de terror. Que tal escrever você também uma história de terror? Se quiser, inspire-se em personagens folclóricas, como o lobisomem ou a mula sem cabeça, ou baseie-se em fatos "estranhos", sensações que você já teve, depoimentos sensacionalistas de aparições de ETs, etc.

15. Em dado momento, Carlinhos, entediado durante a festa de fim de ano, imagina-se como um crocodilo e faz uma associação da festa com o zoológico. Se você fosse um bicho, que bicho seria? Escreva uma redação justificando sua escolha.

Atividades complementares

(Sugestões para Ciências, História e Artes)

16. Carlos tem um sentimento forte por Carol, mas só consegue confessá-lo quando está sob efeito da bebida alcoólica. Muitas

vezes o álcool é usado como agente desinibidor, ou seja, que "libera" o indivíduo da timidez. Porém, o álcool pode "liberar" outras emoções e reações, como a violência, a depressão, etc., além de poder causar muito mal-estar físico, como ocorreu com Carlos. Faça uma pesquisa sobre os efeitos do álcool no organismo humano e no estado psíquico do indivíduo. Depois, usando o conhecimento adquirido e suas reflexões, faça um debate com os colegas de classe levando em conta perguntas como estas: você acha que a bebida alcoólica deveria ser proibida? Pela lei, é proibido vender bebida alcoólica para menores de 18 anos; mesmo assim, alguns adultos facilitam aos jovens o consumo desse tipo de bebida. O que você acha disso? Não se esqueça de defender seu ponto de vista com argumentos consistentes, para que a discussão possa ser mais rica!

17. "Nas ruas, tanques e soldados compunham a paisagem. Ficamos sabendo que não havia mais congresso, presidente, partidos políticos, nada. Provavelmente não havia nem mais o país. Estávamos perdidos." (p. 94) Embora não explicitamente, esse trecho se refere ao golpe militar ocorrido no Brasil em 31 de março de 1964. E, assim como Caldas, muitos foram os brasileiros que se opuseram e resistiram de diferentes maneiras ao estado de exceção que passou a vigorar a partir de então. Traga para a classe exemplos dessa resistência (letras de música, textos, fotos, filmes, etc.).

18. Carlos é louco por futebol, mais especificamente pelo clube Atlético Mineiro. Ao longo do livro, ele faz referência a inúmeras partidas que acabam só se realizando nos sonhos do garoto. Por exemplo, na página 56, ele narra "o jogo do século" entre o Atlético e o Botafogo de Futebol e Regatas. Você conhece os jogadores dessa partida imaginária? Se não, faça uma pesquisa e traga para a classe o que descobrir sobre esses inesquecíveis craques.

Atual Editora